W0372883

Treffpunkt

Deutsch als Zweitsprache für Alltag und Beruf

Kursbuch B1.1

Julia Herzberger
Friederike Jin
Martina Schäfer
Matthias Scheliga

Cornelsen

Herzlich willkommen bei *Treffpunkt*

Das Lehrwerk Treffpunkt richtet sich an erwachsene Lernende, die in einem deutschsprachigen Land leben und arbeiten möchten. Ziel ist es, ihnen die Integration in Alltag und Beruf zu erleichtern und sie zu befähigen, in allen Angelegenheiten des täglichen Lebens sprachlich selbstständig zu handeln. Die Themen, die Aufgaben sowie die Sozialformen sind so gewählt, dass eine möglichst für alle Lernenden angenehme Lernatmosphäre im Unterricht geschaffen werden kann.

Treffpunkt orientiert sich an den Vorgaben des Gemeinsamen europäischen Referenzrahmens sowie des Begleitbandes und deckt die Lernziele des Rahmencurriculums für Integrationskurse des Bundesamtes für Migration und Flüchtlinge ab. Berücksichtigt werden auch die Anforderungen der neuen Zusatzqualifikation für Lehrkräfte im Bereich Deutsch als Zweitsprache.

Blick ins Buch

Zielaufgaben mit Sitz im Leben

3 Ich stehe auf der A2 Richtung Dortmund.

Arbeiten Sie zu zweit. Wählen Sie eine Situation (A oder B) und eine Rolle (1 oder 2). Ihre Partnerin / Ihr Partner wählt die andere Rolle. Lesen Sie in der App. Spielen Sie einen Dialog.

A	B
Rolle 1: Sie haben einen Platten. **Rolle 2:** Sie arbeiten beim Pannendienst.	**Rolle 1:** Ihre Autobatterie ist leer. **Rolle 2:** Sie arbeiten beim Pannendienst.

Hallo, mein Name ist ... Ich stehe auf der A2 Richtung ...

Humorvolle Video-Geschichten

Aufgaben mit Perspektivwechsel

c **Wie sprechen die Personen miteinander? Wie finden Sie das? Sprechen Sie im Kurs.**

ernst • witzig • (un-)höflich • (un-)sicher • streng • direkt • genervt

Ich finde, dass Frau da Silva sehr direkt mit ihren Kolleginnen und Kollegen spricht.

Kooperative Aufgaben

3 Ich habe nicht aufgepasst.

a **Was ist mit Sander Halm passiert? Wählen Sie eine Rolle in der App (A oder B). Ihre Partnerin / Ihr Partner wählt die andere Rolle. Machen Sie Notizen.**

1. Ort und Uhrzeit des Unfalls
2. Hergang des Unfalls
3. Art der Verletzung
4. Name der Zeugin
5. Art der Erste-Hilfe-Behandlung
6. Name der Ersthelferin

b **Welche Informationen fehlen Ihnen noch? Sprechen Sie zu zweit. Fragen Sie und ergänzen Sie Ihre Notizen.**

Strategien bewusst einsetzen

1 Wörter umschreiben

Was bedeuten die Wörter? Arbeiten Sie in Gruppen. Erklären Sie abwechselnd. Benutzen Sie die Strategien. Ist die Erklärung richtig, dann streichen Sie das Wort. Die Gruppe, die zuerst vier Wörter in einer Reihe hat, hat gewonnen.

Strategie 1:	Strategie 2:	Strategie 3:
das Gegenteil sagen *am Anfang* = das Gegenteil von *zum Schluss*	**Beispiele nennen** *im Haushalt arbeiten* = zum Beispiel *staubsaugen, das Bad putzen, ...*	**ein ähnliches Wort sagen** *keine Ahnung haben* = *etwas nicht wissen*

tauschen	**nebenan**	**geduldig**	**Ersatzteile**
gelingen	**verleihen**	**zuständig sein**	**überzeugt sein**

Visualisierung von grammatischen Strukturen

Das Kursbuch

Die **Kursbuch-Kapitel** bestehen aus acht Seiten. Auf den ersten sechs Seiten werden die Lerninhalte vermittelt. Diese Seiten folgen einem einheitlichen linearen Aufbau: Innerhalb jeder Doppelseite finden sich immer die Schritte Einstieg ins Thema, selbstentdeckendes Lernen, Automatisieren, Üben und eigenständige Sprachproduktion. Jedes Kapitel bietet Aufgaben zur Mediation und Aufgaben mit plurikulturellem Schwerpunkt an, in denen die Lernenden für vielfältige Perspektiven auf das Leben sowie kulturell unterschiedliche Normen und Werte sensibilisiert werden. Viele Aufgaben sind binnendifferenziert formuliert.

Auf den letzten zwei Seiten bekommen die Lernenden Raum für eine kurze Pause, um Wortschatz, Strukturen und Kommunikation in einem anderen, oft berufsbezogenen Kontext zu wiederholen. Das integrierte Strategietraining erleichtert es den Lernenden, den Lernprozess zunehmend selbst zu gestalten.

Nach je zwei Kapiteln folgt eine **Magazin-Doppelseite** mit interessanten Lesetexten und Projektaufgaben.

Aufgaben zur individuellen Auswahl

a **Wählen Sie eine Aufgabe (A oder B). Worum geht es in dem Artikel? Machen Sie Notizen zu den W-Fragen.**

A	B
Recherchieren Sie einen kurzen Artikel **in Ihrer Sprache.**	Recherchieren Sie einen kurzen Artikel **auf Deutsch.**

Wer? *Wo?* *Wann?* *Was?*

Aufgaben zur Werte-Sensibilisierung

c **Zu wem passen die Aussagen? Sehen Sie das Video noch einmal. Kreuzen Sie an.**

	Ana da Silva	Tarek Raslan
1. Kinder sollten früh in die Kita gehen.	☐	☐
2. Auch Väter sollten sich um ihre Kinder kümmern.	☐	☐
3. Mit Kindern hat man keine Zeit mehr für sich.	☐	☐
4. Mit Kindern erlebt man Schönes.	☐	☐
5. Elternzeit schadet der Karriere nicht.	☐	☐

d **Warum will Ana da Silva keine Kinder? Können Sie das verstehen? Sprechen Sie im Kurs.**

f **Wie finden Sie die Aussagen in c? Sprechen Sie in Gruppen. Benutzen Sie die Redemittel in e.**

Meiner Meinung nach sollten Kinder erst mit drei Jahren in die Kita gehen.

Da bin ich anderer Meinung. Ich finde es wichtig, dass …

Sprachvergleichende Aufgaben

b **Wie sagen Sie *aber* und *sondern* in Ihren Sprachen? Lesen Sie die Sätze. Vergleichen Sie im Kurs.**

Sie dürfen nicht weiterfahren, sondern Sie müssen auf dem Seitenstreifen anhalten.

Bei einem Unfall sollten Sie die Polizei rufen, aber bei einer Panne hilft der Pannendienst.

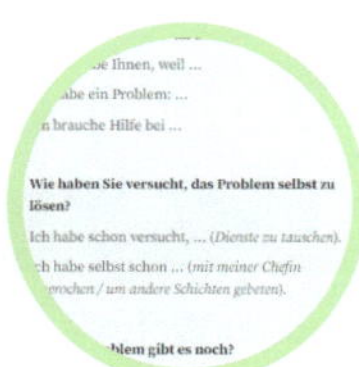

Aufgaben mit unterstützenden Textbausteinen und Redemitteln

c **Zu welchem Punkt hat Herr Sanchez nichts geschrieben? Ergänzen Sie die E-Mail.**

- Warum schreiben Sie an den Betriebsrat?
- Wie haben Sie versucht, das Problem selbst zu lösen?
- Welches Problem gibt es noch?
- Was soll der Betriebsrat tun?

d **Sie haben ein Problem: Sie müssen zu viele Abendschichten machen. Schreiben Sie eine E-Mail an den Betriebsrat. Schreiben Sie zu jedem Punkt in c zwei Sätze. Variieren Sie die Satzanfänge. Die App hilft.**

Angebot zum individuellen Üben am Ende jeder Einheit

4 Alles klar? Wollen Sie mehr üben?

a **Was hat Ihnen gefallen? War es schwer? War es leicht? Sprechen Sie im Kurs.**

b **Wiederholen Sie und üben Sie in der App. Wählen Sie A (leichte Übungen) oder B (schwere Übungen).**

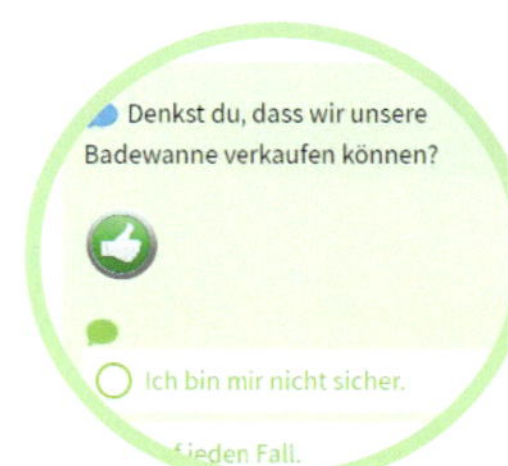

Interessante Texte und Projekte im Magazin

TREFFPUNKT

Es ist ein gutes Gefühl, etwas Sinnvolles zu tun!

Ob bei der Betreuung alter Menschen, beim Nachhilfeunterricht für Kinder oder im Sportverein – mehr als 17 Millionen Menschen in Deutschland sind ehrenamtlich tätig. Heute möchten wir einen von ihnen vorstellen: Asif Amiri, ehrenamtlicher Mitarbeiter bei der Tafel.

Herr Amiri, Sie kommen aus Afghanistan und sind seit einem Jahr in Deutschland. Jetzt sind Sie ehrenamtlich tätig. Können Sie uns etwas über Ihre Situation erzählen?

Ja, gerne. Ich bin Arzt, aber ich kann in Deutschland noch nicht als Arzt arbeiten, weil ich zuerst die Fachsprachenprüfung auf dem Niveau C1 bestehen muss. Dafür lerne ich also gerade. Weil ich aber noch Zeit übrig habe, engagiere ich mich ehrenamtlich.

Alle Symbole führen zu den Inhalten in der PagePlayer-App:

- Hörtext
- Video, Grammatik-Video
- kooperative Aufgabe
- Textbausteine/Redemittel als Hilfe, interaktive Übungen

Inhaltsverzeichnis

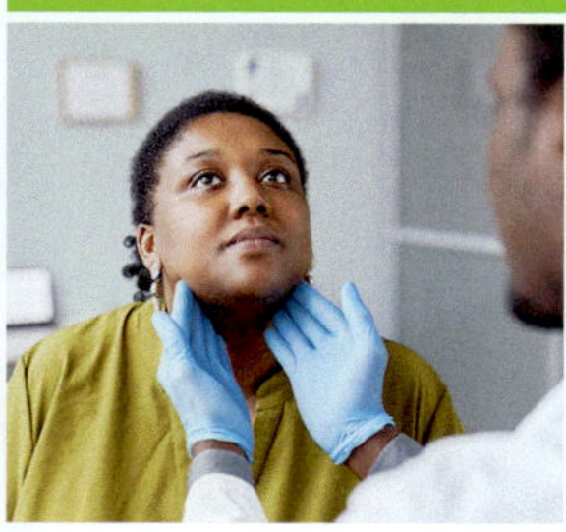

1 Beziehungen

A Darf ich vorstellen?

1 Was machst du gerne?

a Was möchten Sie von den anderen Personen wissen? Sammeln Sie Fragen im Kurs.

b Arbeiten Sie zu zweit. Lesen Sie die Fragen. Ergänzen Sie drei Fragen aus a.

1. Wie geht es dir heute?
2. Was machst du (nicht) gerne?
3. Was isst du (nicht) gerne?
4. Was ist dein Traumberuf?
5. Was ist dein Lieblingsfilm / deine Lieblingsserie?
6. ______
7. ______
8. ______

c Sprechen Sie mit anderen Personen im Kurs. Stellen Sie jeder Person eine Frage aus b und notieren Sie die Antworten.

	Name	Antwort
1. Wie geht es dir heute?		
2. ...		

d Was wissen Sie über die anderen? Erzählen Sie im Kurs.

- Das ist Ahmed. Er isst nicht gerne Tomaten, aber er liebt Spinat.
- Ahmed spielt gerne Fußball. Er trainiert dreimal in der Woche.
- Er macht auch gerne Musik. Er spielt Gitarre.

Lernziele: sich im Kurs kennenlernen • sich und andere vorstellen • *zum* + Verb als Nomen

2 Freut mich, Sie kennenzulernen!

a Wo sind die Personen auf den Fotos? Was machen sie? Sprechen Sie im Kurs.

Man sieht zwei Personen am Empfang. Ich denke, dass Frau da Silva ...

01

b Was ist richtig? Sehen Sie das Video. Kreuzen Sie an.

1. ☐ Herr Raslan hat einen Termin mit Frau da Silva. ☐ Herr Raslan bildet Zahnarzthelfer/-innen aus.
2. ☐ Frau da Silva arbeitet als Pförtnerin. ☐ Sie schickt Herrn Raslan zu Frau Kron.
3. ☐ Frau Kron ist zuständig für das Ausbildungsprogramm. ☐ Sie stellt Herrn Stift Herrn Raslan vor.

01

c Wozu braucht man die Chips? Sehen Sie das Video noch einmal. Ordnen Sie zu.

zum Bezahlen • zum Kopieren • zum Einloggen

1. Der rote Chip ist ______________________.
2. Der blaue Chip ist ______________________.
3. Der weiße Chip ist ______________________.

Wozu? *zum* + Verb als Nomen

Der Chip ist **zum K**opieren.

= Mit dem Chip kann man kopieren.

d Wozu benutzen Sie was? Arbeiten Sie in Gruppen. Sprechen Sie wie im Beispiel.

zum Schreiben • zum Kochen • zum Telefonieren • zum Lernen • zum Bezahlen • zum Arbeiten

Was benutzt du zum Schreiben?

Zum Schreiben benutze ich einen Bleistift.

3 Darf ich vorstellen?

a Sie arbeiten in einer Zahnarztpraxis. Arbeiten Sie zu dritt. Wählen Sie eine Rolle (A, B oder C). Die anderen wählen die anderen Rollen. Lesen Sie in der App. Spielen Sie einen Dialog.

Rezeptionist/-in A	Zahnarzthelfer/-in B	Zahnärztin/Zahnarzt C

1. A und B stellen sich vor. 2. A stellt B und C einander vor. 3. C stellt sich vor.

sich vorstellen

Mein Name ist ... Ich bin neu hier.

Ich heiße ... und ich bin zuständig für ...

andere vorstellen

Darf ich vorstellen? Das ist Frau/Herr ...

Kennen Sie Frau/Herrn ... ? Sie/Er kümmert sich um ...

reagieren

Angenehm.

Freut mich, Sie kennenzulernen.

Ich freue mich auf eine gute Zusammenarbeit.

Alles Gute für Ihren ersten Tag.

Ich wünsche Ihnen einen guten Start.

b Präsentieren Sie Ihren Dialog einer anderen Gruppe. Was hat (nicht) gut funktioniert? Erzählen Sie.

B Als ich nach Deutschland gekommen bin, ...

1 Deine Geschichte macht Mut.

a Wer sind die Personen? Lesen Sie. Ergänzen Sie die Namen.

Welche Menschen sind wichtig für Sie?

Zina Al-Tani

Wir stellen Menschen vor, die sich ein neues Leben in Deutschland aufgebaut haben. Heute besuchen wir Zina Al-Tani, die eine Catering-Firma in Bremen führt.

„Herzlich willkommen in meiner Küche!“ Zina Al-Tani lächelt freundlich zur Begrüßung und bietet mir Tee und Kuchen an.

Zina, kannst du erzählen, wie dein Anfang in Deutschland war?

Die erste Zeit war sehr schwer. Als ich vor sieben Jahren von Syrien nach Deutschland gekommen bin, hatte ich hier keine Familie und keine Freunde: Ich war sehr einsam. Allerdings konnte ich bald einen Deutschkurs besuchen und habe dort Filiz kennengelernt. Immer wenn ich sie getroffen habe, haben wir viel gelacht. Sie ist so humorvoll! Wir unternehmen viel zusammen: Am liebsten gehen wir in Konzerte.

Welche Menschen sind noch wichtig für dich?

Da sind Gibran und Hakim. Sie wohnen seit 2015 in Bremen, aber wir kennen uns schon aus Aleppo. Wir sind dort zusammen zur Schule gegangen und haben in den Pausen oft *Tarneeb 41* gespielt – das ist ein Kartenspiel. Wir kennen uns also schon sehr lange. Die beiden sind tolle Köche, flexibel und sehr zuverlässig, deshalb habe ich sie bei mir angestellt. Jedes Mal wenn wir zusammen in der Küche sind, verstehen wir uns auch ohne Worte!

Und dann sind da auch noch Max und seine Frau Vanessa. Sie sind sehr hilfsbereit und geduldig. Anfangs habe ich im Flüchtlingsheim gelebt. Max hat dort ehrenamtlich gearbeitet und hat mir bei vielen Anträgen und Formularen geholfen. Ich wollte mich bei ihm bedanken, habe ihn angesprochen und vorgeschlagen, dass ich für ihn und seine Frau koche. Beide waren begeistert von meinem Essen! Und dann hat Max organisiert, dass ich für eine große Feier in seiner Firma koche. Auch das war ein Erfolg! Als ich dann beschlossen habe, dass ich eine Catering-Firma gründe, haben Max und Vanessa mich von Anfang an unterstützt. Wir sind jetzt sehr gute Freunde. Immer wenn wir uns treffen, kochen wir zusammen.

Zina, deine Geschichte macht Mut. Was hat dir am Anfang am meisten geholfen?

Ich hatte Glück, dass ich tolle Menschen getroffen habe. Es hat mir unheimlich geholfen, dass sie für mich da waren. Und ich habe mir immer gesagt: Wenn etwas nicht sofort gelingt, sollte man nicht aufgeben!

b Warum sind die Personen wichtig für Zina? Lesen Sie noch einmal. Machen Sie Notizen.

1. Wo haben sie sich kennengelernt?
2. Wie sind die Personen?
3. Was macht Zina gerne oder hat sie gerne mit ihnen gemacht?

1. Filiz: in Deutschland, im ...

2 Als ich zwei Monate in Deutschland war, habe ich Filiz kennengelernt.

a Was passt? Lesen Sie noch einmal in 1a. Verbinden Sie.

1. ☐ Als Zina nach Deutschland gekommen ist,	a hat sie oft Karten gespielt.
2. ☐ Als sie im Deutschkurs war,	b hat sie Filiz kennengelernt.
3. ☐ Immer wenn sie Max und Vanessa trifft,	c waren alle begeistert.
4. ☐ Als sie in der Schule war,	d war das Leben schwer für sie.
5. ☐ Jedes Mal wenn sie gekocht hat,	e kochen sie zusammen.

b Was ist <u>früher</u> und nur <u>einmal</u> passiert? Lesen Sie die Satzanfänge in a noch einmal. Kreuzen Sie an.

c Was passt: *als* oder *wenn*? Lesen Sie noch einmal in a. Ergänzen Sie.

Temporale Nebensätze mit *als* und *wenn*

Nebensatz			Hauptsatz	
einmal früher				
______	Zina nach Deutschland	gekommen ist,	war	das Leben schwer für sie.
______	sie im Deutschkurs	war,	hat	sie Filiz kennengelernt.
heute oder mehrmals früher				
(Immer) ______	sie Max und Vanessa	trifft,	kochen	sie zusammen.
(Jedes Mal) ______	Zina	gekocht hat,	waren	alle begeistert.

d Und Sie? Schreiben Sie Sätze. Erzählen Sie dann in Gruppen.

1. Als ich 15 Jahre alt war, ...
2. Als ich nach Deutschland gekommen bin, ...
3. Als ich zum ersten Mal im Deutschkurs war, ...
4. Als ich zum ersten Mal Geld verdient habe, ...
5. Jedes Mal wenn ich Hilfe brauche, ...
6. Immer wenn ich Geburtstag hatte, ...

3 Wir verstehen uns auch ohne Worte.

a Wer sind Ihre besten Freundinnen und Freunde? Wo haben Sie sich kennengelernt? Wie sind sie und was machen Sie mit ihnen zusammen? Machen Sie Notizen wie in 1b. Die App hilft.

b Präsentieren Sie in Gruppen.

C So kann man aktiv sein!

1 Ich bin mir sicher, dass du hier etwas findest.

a Was denken Sie: Was kann man mit dieser App machen? Sprechen Sie im Kurs. Die Bildleiste hilft.

Willkommen in deiner Nachbarschaft!

Sei dabei! Registriere dich jetzt! **Registrieren**

b Was kann die App? Lesen Sie. Vergleichen Sie mit Ihren Vermutungen aus a. Sprechen Sie im Kurs.

www.nebenan.beispiel.de

Die Nachbarschaft mit *Nebenan* kennenlernen!

Leute von nebenan kennenlernen, Schnäppchen finden oder Sachen verschenken, die du nicht mehr brauchst: Bei *Nebenan* bist du richtig, wenn du in deiner Nachbarschaft aktiv sein möchtest. Mit über 2,5 Millionen Nutzer/-innen ist *Nebenan* die größte Nachbarschaftsplattform in Deutschland. Registriere dich kostenlos und mach mit!

1 Marktplatz: Du suchst etwas für dein Zuhause oder möchtest Dinge abgeben?
Egal, ob Möbel, Klamotten, Spielzeug, Werkzeug oder Fahrradersatzteile – auf *Nebenan* findest du alles, was du suchst, und du kannst abgeben, was du nicht mehr brauchst. Hier kannst du alles kaufen, verkaufen, tauschen oder verschenken.

2 Hilfe & Service: Du suchst Dienste oder bietest Dienste an?
Suchst du einen/eine Babysitter/-in in der Nähe? Möchtest du dein Auto oder deinen Grill mit anderen teilen? Verreist du und suchst jemanden, der die Blumen gießt, den Rasen mäht oder dein Kaninchen füttert? Oder brauchst du Hilfe, weil du Sperrmüll an die Straße stellen willst, aber nicht alles allein tragen kannst? Egal, welche Dienste du suchst oder anbietest oder welche Dinge du leihen oder verleihen möchtest: Registriere dich bei *Nebenan*!

3 Freunde finden: Du möchtest neue Freunde in der Nähe finden?
Du möchtest Leute zum Essen einladen, einen Spieleabend organisieren oder Leute finden, die gemeinsam mit dir Sport oder Musik machen wollen? Wenn du dich mit Leuten aus der Nachbarschaft verabreden möchtest, dann lies die Anzeigen auf *Nebenan* oder schreib selbst eine Einladung.

c Was passt zu 1, 2 oder 3? Lesen Sie noch einmal in b. Ordnen Sie zu.

- [ ] a Du möchtest dich mit Nachbarn treffen.
- [ ] b Du suchst jemanden, der auf deinen Hund aufpasst.
- [ ] c Du möchtest deine Badewanne verkaufen.
- [ ] d Du möchtest Babykleidung verschenken.
- [ ] e Du möchtest Spielzeug tauschen.
- [ ] f Du organisierst ein Sommerfest im Hof.
- [ ] g Du brauchst Unterstützung im Haushalt.
- [ ] h Du kannst Werkzeug verleihen.

die Babysitterin

das Werkzeug

die Ersatzteile

die Klamotten

der Sperrmüll

Lernziele: Informationen über eine Nachbarschafts-App verstehen • Informationen über eine App weitergeben •

d **Wie finden Sie die App? Sprechen Sie in Gruppen.**

Mir gefällt, dass man leicht Hilfe findet und auch selbst Hilfe anbieten kann.

e **Wie kennen Sie es: Gibt es solche Nachbarschafts-Apps in anderen Ländern? Sprechen Sie im Kurs.**

2 Ich frage mich, ob die App wirklich gut funktioniert.

1.02

a **Richtig oder falsch? Hören Sie. Kreuzen Sie an.**

	richtig	falsch
1. Emron braucht eine Person, die sein Haustier betreut.	☐	☐
2. Malia schlägt vor, dass Emron seine Mitbewohner fragt.	☐	☐
3. Emron bezweifelt, dass er so schnell Hilfe findet.	☐	☐
4. Malia hat gute Erfahrungen mit *Nebenan* gemacht.	☐	☐
5. Sie ist überzeugt, dass Emron über die App jemanden findet.	☐	☐
6. Sie glaubt nicht, dass Emron für andere etwas anbieten kann.	☐	☐

b **Unsicher oder sicher? Was passt? Ordnen Sie zu.**

Ich bezweifle, dass … • Das kannst du mir glauben! • Ich bin nicht ganz überzeugt. • Ohne Frage!

unsicher sein	**sicher sein**
Ich bin mir nicht sicher, ob …	Da bin ich mir ganz sicher, weil …
Ich weiß nicht genau, ob …	Ich habe keinen Zweifel, dass …
Ich frage mich, ob …	Ich bin überzeugt, dass …
______________________	Auf jeden Fall! / ______________
______________________	______________________

3 Kennst du die App *Meetup*?

a **Arbeiten Sie zu zweit. Wählen Sie eine Aufgabe (A oder B). Ihre Partnerin / Ihr Partner wählt die andere Aufgabe.**

A
Lesen Sie den **Info-Text über *Meetup*** in der App und beantworten Sie die Fragen:
- Woher kommen die Nutzer/-innen?
- Was kann man bei *Meetup* finden?
- Wo treffen sich die Nutzer/-innen?
- Wie viele Nutzer/-innen gibt es?

B
Lesen Sie **die Startseite von *Meetup*** in der App und beantworten Sie die Fragen:
- Was für eine App ist *Meetup*?
- Was kann man alles mit der App machen?
- Wie wird man Mitglied?
- Was kostet das?

b **Was wissen Sie über die App? Arbeiten Sie zu zweit. Erzählen Sie.**

c **Wie finden Sie die App? Möchten Sie die App nutzen? Warum (nicht)? Sprechen Sie zu zweit. Die Satzanfänge in 2b helfen.**

Ich möchte die App auf jeden Fall ausprobieren. Ich bezweifle aber, dass ich eine eigene Gruppe starte.

den Haushalt machen

die Tiere füttern

der Grill

den Rasen mähen

die Blumen gießen

D Ich bin überzeugt, dass ...

1 Wörter umschreiben

Was bedeuten die Wörter? Arbeiten Sie in Gruppen. Erklären Sie abwechselnd. Benutzen Sie die Strategien. Ist die Erklärung richtig, dann streichen Sie das Wort. Die Gruppe, die zuerst vier Wörter in einer Reihe hat, hat gewonnen.

Strategie 1:
das Gegenteil sagen
am Anfang = das Gegenteil von *zum Schluss*

Strategie 2:
Beispiele nennen
im Haushalt arbeiten = zum Beispiel *staubsaugen, das Bad putzen, ...*

Strategie 3:
ein ähnliches Wort sagen
keine Ahnung haben = etwas nicht wissen

tauschen	**nebenan**	**geduldig**	**Ersatzteile**
gelingen	**verleihen**	**zuständig sein**	**überzeugt sein**
ansprechen	**die Klamotten**	**beschließen**	**den Rasen mähen**
humorvoll	**unterstützen**	**Tiere füttern**	**die Badewanne**

2 Erinnern Sie sich?

a Wie war es? Wissen Sie es noch? Lesen Sie die Fragen und sprechen Sie zu zweit.

~~ihm ein Kompliment machen~~ • unterschreiben • ihm drei Chips geben • nicht sofort verstehen • Herrn Raslan und Herrn Stift einander vorstellen

1. Wie hat Frau da Silva reagiert, als Herr Raslan seinen Beruf gesagt hat?
2. Wie hat Herr Raslan reagiert, als Frau da Silva sich als Türen-Fachangestellte vorgestellt hat?
3. Was hat Frau da Silva gemacht, als Herr Raslan gesagt hat, dass er jetzt hier arbeitet?
4. Was hat Herr Raslan gemacht, als Frau da Silva ihm ein Blatt Papier gegeben hat?
5. Was hat Frau Kron gemacht, als sie zur Rezeption gekommen ist?

- Als Herr Raslan seinen Beruf gesagt hat, hat Frau da Silva ihm ein Kompliment gemacht.
- Ja, stimmt. Sie hat ihm gesagt, dass er schöne Zähne hat.

01

b Waren Ihre Antworten richtig? Sehen Sie das Video noch einmal. Kontrollieren Sie.

3 Ich bin unsicher, ob ...

Wo sind Sie sich sicher? Wo haben Sie Zweifel? Sprechen Sie zu zweit.

„Man kann mit 60 Jahren keine neuen Freunde finden.“

„Man kann zehn beste Freunde haben.“

„Männer und Frauen können nicht befreundet sein.“

„Man kann über soziale Medien gute Freunde finden.“

„Freunde müssen das gleiche Alter haben.“

Ich bezweifle, dass ...

Ich frage mich, ob ...

Ich habe keinen Zweifel, dass ...

Ich bin überzeugt, dass ...

- Ich bin überzeugt, dass Freunde das gleiche Alter haben müssen. Wenn Menschen viel älter oder jünger sind, haben sie andere Interessen.
- Nein, ich glaube, dass Freunde auch jünger oder älter sein können. Ich habe eine gute Freundin, die 20 Jahre älter ist. Wir können über alles sprechen.

4 Wir verstehen uns auch ohne Worte.

a Was bedeutet Freundschaft für Sie? Arbeiten Sie zu zweit. Ergänzen Sie.

über alles sprechen können

sich ohne Worte verstehen

Freundschaft

b Schreiben Sie einen Text. Tauschen Sie dann die Texte mit einem anderen Paar. Vergleichen Sie.

Für mich bedeutet Freundschaft, dass man über alles sprechen kann. Meinen Freundinnen und Freunden kann ich alles erzählen. Sie ...

5 Ich möchte mich kurz vorstellen.

a Arbeiten Sie zu zweit. Wählen Sie eine Rolle (A oder B). Ihre Partnerin / Ihr Partner wählt die andere Rolle. Sprechen Sie einen Dialog.

A

Sie sind neu in der Firma.
Sie lernen eine Kollegin / einen Kollegen kennen.
Lesen Sie in der App und stellen Sie sich vor.
Fragen Sie und antworten Sie frei.

B

Sie arbeiten schon länger in der Firma.
Sie begrüßen eine neue Kollegin / einen neuen Kollegen.
Lesen Sie in der App und stellen Sie sich vor.
Fragen Sie und antworten Sie frei.

b Wie war das Gespräch für Sie? Haben Sie flüssig gesprochen? Sprechen Sie im Kurs.

6 Alles klar? Wollen Sie mehr üben?

a Was hat Ihnen gefallen? Was war schwer? Was war leicht? Sprechen Sie im Kurs.

b Wiederholen Sie und üben Sie in der App. Wählen Sie A (leichte Übungen) oder B (schwere Übungen).

2 Auf der Arbeit

A Warum arbeiten Sie nicht als Nachtpförtnerin?

1 Ich arbeite nicht gerne nachts.

a Was sehen Sie auf dem Foto? Was glauben Sie: Was für eine Situation zeigt dieses Foto? Worüber sprechen Ana da Silva und Tarek Raslan? Wie sehen sie aus? Sprechen Sie zu dritt.

Auf dem Foto sieht man ...
Links/Rechts/Oben/Unten sieht man ...
Im Vordergrund / Im Hintergrund ist/steht/liegt ...

Vielleicht sprechen sie über ...
Er/Sie sieht streng/fröhlich/... aus.
Ich denke, ... ist müde/erschöpft/gelangweilt/...

02 **b Waren Ihre Vermutungen richtig? Sehen Sie das Video. Sprechen Sie im Kurs.**

02 **c Ana da Silva, Tarek Raslan oder beide? Sehen Sie das Video noch einmal. Kreuzen Sie an.**

	Ana da Silva	Tarek Raslan
1. ... mag es, früh aufzustehen.	☐	☐
2. ... hat in einem Hotel als Aushilfe gearbeitet.	☐	☐
3. ... arbeitet nicht gerne nachts.	☐	☐
4. ... findet es wichtig, morgens alles vorzubereiten.	☐	☐
5. ... richtet morgens die Arbeitsplätze ein.	☐	☐
6. ... kontrolliert morgens den Lift.	☐	☐
7. ... trinkt morgens immer eine Tasse Tee.	☐	☐

Lernziele: ein Foto beschreiben • von der Arbeit berichten • Infinitiv mit *zu* • über verschiedene Berufe sprechen

2 Ich mag es, früh aufzustehen.

a Was haben Ana da Silva und Tarek Raslan gesagt? Ordnen Sie zu.

Ich habe immer Angst, ... • Es war schwer für mich, ... • Ich finde es wichtig, ... • Ich empfehle Ihnen, ...

Infinitiv mit *zu*

_______________________, grünen Tee zu trinken.

_______________________, nicht pünktlich zu kommen.

_______________________, alles rechtzeitig vorzubereiten.

_______________________, wach bleiben zu müssen.

auch: Es macht mir (keinen) Spaß, ...
Ich habe Lust/Zeit, ...
Es ist gut/schlecht/leicht/wichtig, ...
Ich mag/hasse es, ...
Ich plane/versuche, ...
Ich schlage vor, ...

b Unterstreichen Sie die Infinitive und markieren Sie *zu* in a. Wo steht *zu*? Sprechen Sie im Kurs.

c Wie gehen die Sätze weiter? Schreiben Sie Sätze wie im Beispiel.

pünktlich anfangen • selbstständig/allein / im Team arbeiten • alles rechtzeitig erledigen • mit Menschen / mit den Händen arbeiten • Fehler machen • ordentlich/genau arbeiten • kreativ arbeiten können • Aufgaben selbst wählen können • Entscheidungen selbst treffen können • mit Kolleginnen und Kollegen zusammenarbeiten • ...

Es macht mir Spaß, ...
Ich finde es wichtig, ...
Ich finde es anstrengend, ...
Ich versuche immer, ...
Ich habe manchmal Angst, ...

Es macht mir Spaß, mit Menschen zu arbeiten.

Ich finde es wichtig,

d Arbeiten Sie zu zweit. Mischen Sie Ihre Zettel und tauschen Sie sie mit Ihrer Partnerin / Ihrem Partner. Was denken Sie: Welche Sätze hat Ihre Partnerin / Ihr Partner geschrieben? Legen Sie die Sätze.

Ich glaube, du hast geschrieben: *Es macht mir Spaß, mit Menschen zu arbeiten.*
Das stimmt!

3 Das ist mein Beruf.

a Welche Berufe sind das? Wählen Sie einen Beruf. Ergänzen Sie die Satzanfänge. Die App hilft.

1. In diesem Beruf ist es wichtig, ...
2. Es ist für eine/einen ... schwer, ...
3. Es macht bestimmt Spaß, ...
4. Die Aufgaben sind: ...
5. Eine/Ein ... muss ...

b Arbeiten Sie in Gruppen mit demselben Beruf. Vergleichen Sie Ihre Sätze aus a.

B Wer kann das übernehmen?

1 Wer schreibt heute das Protokoll?

M. Krack, A. Kniesel, G. Lindner, J. Maxime

a Was glauben Sie: Wo sind die Personen? Was machen sie? Sehen Sie sich das Foto an. Sprechen Sie im Kurs.

1.03

b Worüber sprechen die Personen? Hören Sie und kreuzen Sie an.

Über
- ☐ einen Elternbrief.
- ☐ einen Ausflug.
- ☐ eine Weiterbildung.
- ☐ eine Vertretung.
- ☐ einen Elternabend.

1.03

c Was ist richtig? Hören Sie noch einmal. Kreuzen Sie an.

1. ☐ Heute gibt es nur ein wichtiges Thema für die Besprechung.
2. ☐ Herr Maxime übernimmt am Nachmittag die Vertretung.
3. ☐ Der Ausflug in den Zoo ist in drei Wochen.
4. ☐ Frau Lindner schreibt den Elternbrief.
5. ☐ Die Kinder müssen kein Essen mitbringen.
6. ☐ Die Kita zahlt für das Picknick.

d Was bedeutet der Satz? Lesen Sie und kreuzen Sie an.

Sie brauchen den Elternbrief nicht zu schreiben.

a ☐ Sie müssen den Elternbrief nicht schreiben. **b** ☐ Wir brauchen keinen Elternbrief.

e Lesen Sie die Sätze. Vergleichen Sie mit dem Satz in d. Ergänzen Sie.

nicht brauchen zu + Infinitiv

Die Eltern müssen nicht für das Picknick zahlen.

= Die Eltern **brauchen nicht** für das Picknick ________________.

Die Eltern müssen kein Essen mitgeben.

= Die Eltern **brauchen kein** Essen ________________.

f Kurskette. Fragen Sie und antworten Sie wie im Beispiel.

das Protokoll schreiben • die Liste erstellen • die Aufgabe übernehmen • aufräumen • das Formular ausfüllen • die Vertretung übernehmen • Überstunden machen • den Ausflug planen • das Picknick vorbereiten • ...

- Muss ich das Protokoll schreiben?
- Nein, du brauchst das Protokoll nicht zu schreiben.

Lernziele: ein Protokoll verstehen • jemanden bitten, einen Arbeitsauftrag zu übernehmen • einen Arbeitsauftrag annehmen •

2 Das steht im Protokoll.

a Lesen Sie das Protokoll. Beantworten Sie die Fragen.

1. Wann hat die Dienstbesprechung stattgefunden?
2. Wie viele Personen haben an der Dienstbesprechung teilgenommen?
3. Wer konnte nicht zur Dienstbesprechung kommen?
4. Wer hat das Protokoll geschrieben?

Protokoll Dienstbesprechung
Datum: Mittwoch, 3.5.2025
anwesend: Maria Krack, Anton Kniesel, Greta Lindner, José Maxime
abwesend: Karin Breuer
Protokollant/-in: G. Lindner

Tagesordnungspunkt	Aufgabe	zuständig	Termin
Organisatorisches	Vertretung Breuer	J. Maxime	Donnerstag, 4.5.
Ausflug in den Zoo	Elternbrief schreiben	______	Montag, ______
	Picknick organisieren	______	–
	im Zoo anrufen (Rabatt für Eintritt?)	______	–

1.03 **b Welche Informationen fehlen im Protokoll? Hören Sie noch einmal und ergänzen Sie.**

c Was denken Sie: Wann schreibt man ein Protokoll? Wofür braucht man es? Sprechen Sie im Kurs.

Ich glaube, man schreibt ein Protokoll, wenn man ...

3 Haben Sie das schon erledigt?

1.04 **a Was ist das Problem? Was ist die Lösung? Hören Sie. Sprechen Sie im Kurs.**

1.04 **b Wie bittet Herr Kniesel um Hilfe? Wie antwortet Herr Maxime? Hören Sie noch einmal. Markieren Sie.**

eine Aufgabe abgeben	eine Aufgabe annehmen
Kannst du das übernehmen?	Kein Problem. Ich kann mich um ... kümmern.
Ich habe eine Bitte: Könntest du ...	Ja, aber ich muss zuerst ... fertig machen.
Könntest du mir einen Gefallen tun?	Ich brauche ein bisschen länger, weil ...
Macht es dir etwas aus, wenn du ...	Ich schaffe es nicht bis zum ..., aber ich kann ...

c Bitten Sie andere auch manchmal, Aufgaben zu übernehmen? Warum (nicht)? Sprechen Sie im Kurs.

4 Ich schaffe es leider nicht.

a Wählen Sie eine Rolle (A oder B). Ihre Partnerin / Ihr Partner wählt die andere Rolle. Lesen Sie in der App. Bitten Sie Ihre Partnerin / Ihren Partner, die Aufgaben zu übernehmen. Spielen Sie einen Dialog.

A
Sie müssen ...
- Material bestellen (heute).
- Kunden informieren (vom 15.1. bis zum 1.2.).

B
Sie müssen ...
- eine Lieferung annehmen. (am 7.1. ab 18 Uhr)
- 20 Rechnungen schreiben.

b War es einfach für Sie, Ihre Partnerin / Ihren Partner um Hilfe zu bitten? Erzählen Sie im Kurs.

nicht brauchen zu (nicht müssen)

C Ist es der richtige Beruf?

1 Es war die richtige Entscheidung.

a Was wissen Sie über die Berufe? Sehen Sie sich die Bildleiste an. Wählen Sie drei Berufe. Sprechen Sie in Gruppen. Sammeln Sie Antworten zu den Fragen.

1. Was machen die Personen?
2. Wo arbeiten sie?
3. Was wissen Sie noch über diese Berufe?

Ich glaube, ein Dachdecker ...

b Arbeiten Sie zu zweit. Wählen Sie eine Person (Finn Scheier oder Mouria Bayram). Lesen Sie. Machen Sie Notizen zu Ihrer Person.

Menschen und ihre Arbeit 4/25

Berufe, die Spaß machen (und manchmal nerven)

Finn Scheier arbeitet als Dachdecker und Mouria Bayram macht gerade eine Ausbildung zur Sozialarbeiterin. Wir haben beide gefragt: Ist es der richtige Beruf für Sie? Was gefällt Ihnen an diesem Beruf? Und worüber ärgern Sie sich?

Finn Scheier

Als Dachdecker arbeitet man an vielen verschiedenen Orten. Manchmal sind es große Gebäude, manchmal ist es nur ein kleines Haus. Mein Arbeitsplatz ist in der Höhe – auf dem Dach. Man hat oft einen tollen Blick über die Gegend. Ich finde es spannend, die Welt von oben zu sehen.
Als Dachdecker bauen und reparieren wir Dächer, aber auch die Planung und Beratung von Kunden gehörten zu unseren Aufgaben. Es ist ein richtiger Handwerkerberuf. Ich arbeite gern mit den Händen und kann das auch sehr gut. Ich bin stolz auf meine Arbeit, denn ein Dach ist wichtig. Abends müssen wir immer die Baustelle aufräumen und die Maschinen sauber machen. Das langweilt mich, aber es gehört leider dazu. Ich hasse es besonders, wenn wir bei schlechtem Wetter arbeiten müssen. Natürlich arbeiten wir nicht, wenn es schneit oder glatt ist, aber bei Regen und Kälte arbeiten wir schon. Da kann es oben auf dem Dach ganz schön ungemütlich werden.

Mouria Bayram

Ich möchte Sozialarbeiterin werden und studiere an einer Hochschule. Gerade mache ich ein Praktikum, weil ich so meinen Beruf schon ein bisschen kennenlernen kann. Man kann als Sozialarbeiterin oder Sozialarbeiter an vielen Orten arbeiten, zum Beispiel in einer Schule, in einem Seniorenheim oder auch in einem Jugendzentrum. Es gibt viele Möglichkeiten. Ich habe mich für ein besonderes Praktikum entschieden: Ich arbeite in einem Gefängnis. Das macht mir großen Spaß. Ich helfe den Häftlingen, sich auf die Zeit nach dem Gefängnis vorzubereiten. Ich muss viel organisieren: Ich unterstütze die Häftlinge zum Beispiel bei der Arbeitssuche und helfe ihnen, eine Wohnung zu finden. Es ist ein gutes Gefühl, Menschen helfen zu können. In diesem Beruf gibt es aber leider auch viel Bürokratie. Ich finde es nervig, wenn ich viele Formulare ausfüllen muss. Aber Verwaltungsaufgaben gehören natürlich auch zur Arbeit dazu.

die Anwältin

der Bauer/Landwirt

der Briefträger

der Dachdecker

	Finn Scheier	Mouria Bayram
Beruf		
Arbeitsort		
Aufgaben		

c **Was sagen die Personen über ihren Beruf? Sprechen Sie mit Ihrer Partnerin / Ihrem Partner. Ergänzen Sie in b.**

d **Wie kann man sagen, dass man etwas gut oder nicht gut findet? Lesen Sie noch einmal in a. Markieren Sie in den Texten. Ergänzen Sie.**

etwas positiv oder negativ bewerten

positiv	negativ
Es macht mich glücklich, wenn ...	Es ärgert/stresst mich, wenn ...
___	Es ist anstrengend, ...
___	___
___	___
___	___

2 Das finde ich spannend.

a **Arbeiten Sie in Gruppen. Wählen Sie einen Beruf (A, B oder C). Welche Aufgaben hat man in diesem Beruf? Sammeln Sie und machen Sie Notizen.**

A Taxifahrer/-in

B Krankenpfleger/-in

C Ihr eigener Beruf oder ein Beruf aus der Bildleiste

b **Was denken Sie: Was ist an diesem Beruf positiv? Was negativ? Warum? Schreiben Sie wie im Beispiel. Ihre Notizen aus a helfen.**

Taxifahrer/-in
positiv (+): viele Menschen treffen
negativ (-): ...

c **Schreiben Sie fünf Sätze über Ihren Beruf in a. Ihre Notizen und die Redemittel in 1d helfen.**

Ich bin Taxifahrer. Ich finde es spannend, viele Menschen zu treffen. Aber es ärgert mich, wenn ...

d **Vergleichen Sie Ihre Sätze in der Gruppe.**

der Metzger/Fleischer

die Sekretärin

die Sozialarbeiterin

der Techniker

D Es ist schön, am Wochenende ...

1 Du brauchst das nicht zu machen.

Was brauchen Sie nicht mehr zu machen? Arbeiten Sie zu zweit. Wählen Sie eine Rolle (A oder B) in der App. Ihre Partnerin / Ihr Partner wählt die andere Rolle. Fragen Sie und antworten Sie wie im Beispiel.

To-do-Liste

☐ die Wohnung aufräumen	☐ die Blumen gießen
☐ die Wäsche waschen	☐ das Fahrrad reparieren
☐ die Küche sauber machen	☐ die Treppe putzen
☐ das Essen zubereiten	☐ einkaufen
☐ das Geschirr abwaschen	

- Soll ich die Wohnung aufräumen?
- Nein, du brauchst die Wohnung nicht aufzuräumen. Das habe ich schon gemacht.

2 Ich freue mich, ...

a Wie sind die Sätze richtig? Schreiben Sie.

1. Ich habe Lust, ______________________ (*ein Fest feiern*)
2. Ich freue mich, ______________________ (*alle Freunde einladen*)
3. Es ist schön, ______________________ (*die ganze Nacht tanzen können*)

03

b Alles richtig? Sehen Sie das Grammatik-Video. Kontrollieren Sie.

c Und Sie? Ergänzen Sie. Vergleichen Sie dann im Kurs.

1. Ich habe Lust, am nächsten Wochenende ______________________
2. Ich freue mich, nach dem Kurs ______________________
3. Es ist schön, am Abend ______________________

3 Ich habe nie Zeit, die Wohnung aufzuräumen.

Arbeiten Sie in Gruppen. Würfeln Sie. Bilden Sie Sätze wie im Beispiel.

⚀ Es macht mir Spaß, ...	⚀ Wetter
⚁ Es ist mir wichtig, ...	⚁ Verkehr
⚂ Ich versuche oft, ...	⚂ Reisen
⚃ Ich finde es anstrengend, ...	⚃ Arbeit
⚄ Ich habe immer/nie Zeit, ...	⚄ Haushalt
⚅ Es ist nervig, ...	⚅ Freizeit

⚄ ⚀

- Es ist nervig, mit dem Auto im Stau zu stehen.

Lernziele: *nicht brauchen zu* • Infinitiv mit *zu* • Strategie: Sprechen vorbereiten mit Notizen

4 Ich muss Überstunden machen.

a Was passt? Ordnen Sie zu. Verwenden Sie jedes Verb nur einmal. Schreiben Sie eine Liste wie im Beispiel.

ein Protokoll • einen Ausflug • einen Arbeitsplatz • eine Vertretung • an einer Hochschule • etwas in eine Liste • ~~Überstunden~~ • eine Aufgabe • eine Entscheidung • ein Formular

schreiben • erledigen • planen • ausfüllen • eintragen • einrichten • studieren • treffen • ~~machen~~ • übernehmen

Überstunden *machen*
... *...*

b Arbeiten Sie zu zweit mit der Liste aus a. Sprechen Sie wie im Beispiel.

Überstunden ... — machen

5 Sprechen vorbereiten mit Notizen

a Was sehen Sie auf dem Foto? Welche Wörter fallen Ihnen ein? Notieren Sie.

- *4 Personen*
- *Supermarkt*
- *genervt sein*
- *...*

b Was denken Sie: Was für eine Situation zeigt dieses Foto? Und wie fühlen sich die Personen? Sprechen Sie zu zweit. Ihre Notizen aus a helfen.

Wahrscheinlich ...
Ich vermute, dass ...
Ich denke, dass ...

Auf dem Foto sieht man vier Personen. Wahrscheinlich ...

c Haben Sie Erfahrungen mit so einer Situation gemacht? Erzählen Sie.

Das ist mir auch schon mal passiert. Ich war gerade sehr im Stress. Ich musste ...

6 Alles klar? Wollen Sie mehr üben?

a Was hat Ihnen gefallen? Was war schwer? Was war leicht? Sprechen Sie im Kurs.

b Wiederholen Sie und üben Sie in der App. Wählen Sie A (leichte Übungen) oder B (schwere Übungen).

TREFFPUNKT

Freunde fürs Leben

Moira Frankenberg, 37 Jahre, Augenoptikerin aus Bremen, und Moira Nilges, 35 Jahre, Sozialarbeiterin aus Oldenburg, sind seit 25 Jahren befreundet.

Moira aus Bremen erzählt: „Wir haben uns im ersten Jahr auf der Realschule in Bremen kennengelernt. Wir haben beide denselben, in Deutschland sehr ungewöhnlichen Vornamen. Sie war das erste Mädchen mit dem Namen *Moira*, das ich kennengelernt habe. Und bei ihr war es genauso. Wir haben aber mehr gemeinsam als nur den Vornamen." „Das ist richtig", ergänzt Moira aus Oldenburg, „wir haben uns zum Beispiel in denselben Jungen verliebt." Beide lachen. „Wir haben in der Schule viel gemeinsam erlebt und haben danach in Bremen unsere Ausbildung gemacht. In dieser Zeit haben wir sogar zusammengewohnt. Das war eine schöne Zeit! Jetzt wohnen wir nur 30 Kilometer voneinander entfernt und besuchen uns mindestens einmal pro Woche. Unsere Freundschaft ist einfach etwas ganz Besonderes! Wir können über alles reden, wir können aber auch gemeinsam schweigen. Moira ist wie eine Schwester für mich!"

Daniel Schönhauser, 38 Jahre, Software-Entwickler aus Augsburg, und Stavros Petridis, 57 Jahre, Landwirt aus Korfu in Griechenland, kennen sich seit 10 Jahren.

„Daniel war vor zehn Jahren Gast auf unserem Bauernhof. Wir mochten uns sofort: Daniel hat immer gute Laune", erzählt Stavros. „Das stimmt", sagt Daniel, „aber nur, weil man mit Stavros so viel Spaß haben kann. Wir finden es toll, dass der andere ein ganz anderes Leben hat. Stavros wohnt in Griechenland und arbeitet mit seiner Frau und drei Kindern auf dem Land. Er ist den ganzen Tag draußen. Ich dagegen bin Single, lebe in der Stadt, sitze viel am Computer und ..." „Deine Arbeit ist unglaublich wichtig", unterbricht ihn Stavros, „du entwickelst Programme und veränderst die Arbeitswelt!" Daniel lacht: „Stavros ist fasziniert von meinem Programmieren und ich von seiner Arbeit in der Natur. Wir sind gute Freunde, auch wenn wir nicht gleich alt sind und 1.500 Kilometer voneinander entfernt wohnen." „Ich schreibe ihm regelmäßig", ergänzt Stavros, „damit er mich nicht vergisst." Daniel lacht und schüttelt den Kopf.

1 Freunde fürs Leben

1.05

a Welcher Ausdruck passt zu welchem Text? Lesen Sie und hören Sie. Sprechen Sie in Gruppen.

Gleich und gleich gesellt sich gern. — **Gegensätze ziehen sich an.**

Freundschaft kennt keine Entfernung. — **Gute Freunde verstehen sich auch ohne Worte.**

b Projekt. **Welche Ausdrücke zum Thema Freundschaft gibt es in Ihren Sprachen? Recherchieren Sie im Internet und übersetzen Sie sie ins Deutsche. Arbeiten Sie in Gruppen. Machen Sie ein Plakat.**

c Präsentieren Sie Ihr Plakat und sprechen Sie im Kurs.

Die beliebtesten Ausbildungsberufe

Mehr als eine Million Menschen beginnen jedes Jahr eine Ausbildung in Deutschland, aber welche Ausbildungsberufe sind am beliebtesten?

Auf dem letzten Platz der Top-10 finden wir die *Zahnmedizinischen Fachangestellten*. Aber nicht nur die Zahnmedizin ist beliebt, viele möchten auch in Krankenhäusern oder in anderen Arztpraxen ihre Ausbildung machen: Die *Medizinischen Fachangestellten* befinden sich auf Platz 6. Menschen mit technischem Verständnis haben sich für die Ausbildung zum/zur *Anlagenmechaniker/-in für Sanitär-, Heizungs- und Klimatechnik* entschieden. Dieser Ausbildungsberuf befindet sich auf dem vorletzten Platz. Wer sich für Autos und Technik interessiert, hat eine Ausbildung zum/zur *Kraftfahrzeugmechatroniker/-in* angefangen – das ist der zweitbeliebteste Ausbildungsberuf. Am beliebtesten ist die Ausbildung zum/zur *Kaufmann/-frau für Büromanagement*. Wer gerne plant, flexibel ist und genau arbeitet, hat mit dieser Ausbildung die richtige Entscheidung getroffen.

Beruf	**Anzahl**	______	______
1. ______	22.950	70,2 %	29,8 %
2. ______	21.591	5,9 %	94,1 %
3. Verkäufer/-in	21.225	50 %	50 %
4. Kaufmann/-frau im Einzelhandel	17.799	47,2 %	52,8 %
5. Fachinformatiker/-in	17.562	9,4 %	90,6 %
6. ______	17.406	95,7 %	4,3 %
7. Industriekaufmann/-frau	15.573	53,3 %	46,7 %
8. Elektroniker/-in	14.673	2,8%	97,2%
9. ______ für Sanitär-, Heizungs- und Klimatechnik	14.301	2,1%	97,9%
10. ______	13.476	96,5%	3,5%

(Datenquelle: Bundesinstitut für Berufsbildung)

2 Die beliebtesten Ausbildungsberufe

a **Was sind die beliebtesten Ausbildungsberufe? Lesen Sie und ergänzen Sie.**

b **Was glauben Sie: Wie viel Prozent von den Auszubildenden sind Männer? Wie viel sind Frauen? Ergänzen Sie: *Männer* und *Frauen*.**

c **Welche Ausbildungen machen vor allem Männer? Und welche Frauen? Was denken Sie: Warum ist das so? Wie ist das in Ihren Ländern? Sprechen Sie im Kurs.**

Ich glaube, dass vor allem Frauen die Ausbildung zur ... machen. Auf den Philippinen ist das ähnlich. Da ...

3 Nachrichten aus aller Welt

A ☐

Demonstration für die Zukunft

Berlin. Seit dem Nachmittag ...

B ☐

Filme für alle: Oberhausen.
Am Wochenende beginnt ...

C ☐

Fahren mit Strom

Die Herstellung von ...

D ☐

Verregnete Meisterschaft

Monaco. Das Wetter ...

E ☐

Ein Straßenfest für alle: Leipzig.
Am Connewitzer Kreuz ...

A Dafür interessiere ich mich!

1 Ich lese gern Nachrichten über Politik.

a Was denken Sie: Zu welchem Thema gehören die Meldungen? Sehen Sie sich die Bildleiste an. Ordnen Sie zu und vergleichen Sie im Kurs.

☐ Politik ☐ Kultur ☐ Wirtschaft ☐ Sport ☐ Regionales

1.06 **b Welche Radiomeldung passt zu welcher Nachricht? Hören Sie. Ordnen Sie oben zu.**

1.06 **c Was ist richtig? Hören Sie noch einmal. Kreuzen Sie an.**

1. ☐ Das Filmfestival zeigt über 500 Musikvideos.
2. ☐ Die Menschen fordern Gesetze für besseren Umweltschutz.
3. ☐ Zwei Millionen Deutsche fahren immer noch mit Benzin.
4. ☐ Die Weltmeisterschaft findet auch bei Regen statt.
5. ☐ Der Kirchturm ist für das Publikum geöffnet.

Politik

Kultur

Wirtschaft

Sport

Lernziele: Radiomeldungen verstehen • über Nachrichten sprechen • über Interessen sprechen • Präpositionalpronomen *da(r)* + Präposition

d **Für welche Themen in der Bildleiste interessieren Sie sich (nicht)? Warum? Sprechen Sie im Kurs.**

Ich interessiere mich vor allem für Politik, weil ...

2 Ja, darum geht es.

a **Wie ist der Dialog richtig? Ordnen Sie.**

- [ ] Ja, und?
- [1] Hast du gehört: Der FC Bayern München hat die Deutsche Meisterschaft gewonnen!
- [ ] Interessierst du dich nicht für Fußball?
- [ ] *Du* hast darüber gesprochen! *Ich* habe dir nur zugehört.
- [ ] Nein, dafür interessiere ich mich nicht.
- [ ] Aber wir haben doch gestern über Fußball gesprochen!?

Wissen Sie es noch?

sich interessieren **für** (+ *Akkusativ*)

Wofür interessierst du dich?

Ich interessiere mich **für** Politik.

auch: sprechen über (+ *Akk.*), warten auf (+ *Akk.*), sich informieren über (+ *Akk.*), sich vorbereiten auf (+ *Akk.*), fragen nach (+ *Dat.*), träumen von (+ *Dat.*)

b **Wie sagt man es? Lesen Sie noch einmal in a. Ergänzen Sie.**

Präpositionalpronomen: *da(r)* + Präposition

Ich interessiere mich **für** Fußball.	________ interessiere ich mich nicht.
Spricht er oft **über** Fußball?	Ja, ________ spricht er oft.

auch: Worauf? Darauf. / Wonach? Danach. / Wovon? Davon. / ...

c **Arbeiten Sie zu zweit. Fragen Sie und antworten Sie wie im Beispiel.**

1. Ärgerst du dich oft über Politik?
2. Freust du dich auf die Fußballweltmeisterschaft?
3. Erinnerst du dich an deinen letzten Besuch im Kino?
4. Engagierst du dich für den Umweltschutz?
5. Informierst du dich über Veranstaltungen in deinem Wohnort?

Ärgerst du dich oft über Politik?

Ja, darüber ärgere ich mich oft! Freust du dich ...

3 Interessierst du dich für ...?

a **Kursspaziergang. Wählen Sie ein Thema aus der Bildleiste. Sprechen Sie mit drei Personen. Notieren Sie die Antworten.**

– Interessierst du dich für ________? Warum?
– Wie/Wo informierst du dich darüber?
– Bist du selbst in diesem Bereich aktiv? Wenn ja: Was machst du?

b **Arbeiten Sie in Gruppen. Erzählen Sie.**

Ich habe mit Maria und Valerian über das Thema "Sport" gesprochen. Beide interessieren sich dafür. Maria ...

Regionales

Reisen

Kleinanzeigen

Wissenschaft und Technik

B Die wichtigsten Schlagzeilen.

1 Was ist passiert?

a Welche Überschriften passen? Überfliegen Sie die Texte. Ordnen Sie zu.

Höchste Besucherzahl seit 1984 • Pläne für Solarenergie • Gold für Kenia • Fachschule macht Werbung

1 ______________________

Wien. Am Sonntagabend endete das Donauinselfest mit einem Rekord: 2,9 Millionen Menschen besuchten an drei Tagen das größte Musik-Festival Europas. Auf der großen Insel in der Donau spielten ca. 1.000 Musiker*innen aus 7 Ländern. Neben der Musik gab es ein buntes Programm mit Sport, Fitness-Aktivitäten und Tanz und ein spezielles Kinderprogramm. Wie seit 40 Jahren war auch diesmal der Eintritt frei.

2 ______________________

Boston. Beim Boston-Marathon am 15. April konnten wieder einmal viele Sportler/-innen Erfolge feiern. Die Goldmedaille gewann der kenianische Läufer Hekima Kabando mit einer neuen Bestzeit von 1 Stunde und 59 Minuten. Auf den Plätzen 2 und 3 kamen der Äthiopier Abebe und der Eritreer Kidane ins Ziel.

3 ______________________

Algier. Am Wochenende trafen sich in der Hauptstadt von Algerien die Wirtschaftsminister von 12 afrikanischen Ländern zu einer Konferenz. Sie sprachen über gemeinsame Pläne zur Produktion von Sonnen-Energie. In der Sahara soll eine große Solaranlage entstehen, die Afrika und Europa in Zukunft Energie liefern soll. Die Konferenz endete ohne Ergebnis. Die Minister versprachen, weiter an einer Lösung zu arbeiten.

4 ______________________

Brandenburg/Havel: Am Montag fand wieder der Tag der offenen Tür an der medizinischen Fachschule statt. Jugendliche aus Brandenburg und der Umgebung informierten sich über Ausbildungen und Berufe im Gesundheitsbereich. Sie sprachen mit Auszubildenden und besuchten Workshops. „Eine tolle Veranstaltung", sagte uns eine Besucherin, „ich kann mir auf jeden Fall vorstellen, hier eine Ausbildung zu machen."

b Worum geht es in den Nachrichten? Arbeiten Sie zu zweit. Lesen Sie. Machen Sie Notizen zu den Fragen.

	Wer?	Wo?	Wann?	Was?
1.				
2.				
3.				
4.				

c Tauschen Sie Ihre Notizen mit einem anderen Paar. Vergleichen Sie.

Lernziele: Zeitungsnachrichten verstehen • Informationen zusammentragen • Verben: Präteritum • eine Nachricht nacherzählen

2 Sie besuchten auch Workshops.

a **Wie sagt man es? Lesen Sie. Markieren Sie die Verben in der Vergangenheit.**

Schau mal! Ich lese gerade: Der Tag der offenen Tür an der medizinischen Fachschule hat wieder stattgefunden.

Ja, ich weiß. Meine Freunde haben sich dort über Ausbildungen informiert und mit ein paar Auszubildenden gesprochen. Sie haben auch ein paar Workshops besucht. Eine Freundin hat gesagt, dass sie da eine Ausbildung machen möchte.

b **Wie schreibt man es? Lesen Sie Text 4 in 1a noch einmal und vergleichen Sie mit dem Dialog in 2a. Ergänzen Sie wie im Beispiel.**

	(sprechen)	(schreiben)
stattfinden	hat stattgefunden	*fand ... statt*
sich informieren	haben sich informiert	
sprechen	haben gesprochen	
besuchen	haben besucht	
sagen	hat gesagt	

c **Ergänzen Sie.**

Präteritum

	regelmäßige Verben	unregelmäßige Verben
ich	sagte	sprach
du	sagtest	sprachst
er/sie/es/man		
wir	sagten	sprachen
ihr	sagtet	spracht
sie/Sie		

!

bringen – brachte
denken – dachte
kennen – kannte
wissen – wusste

d **Arbeiten Sie zu zweit. Markieren Sie in den Texten 1 bis 3 in 1a die Verben im Präteritum und schreiben Sie sie auf Karten. Schreiben Sie die Perfekt-Form auf die Rückseite.**

e **Ziehen Sie abwechselnd eine Karte. Bilden Sie einen Satz im Perfekt.**

trafen sich | *haben sich getroffen*

3 Ich habe gelesen, dass ...

a **Arbeiten Sie zu zweit. Wählen Sie eine Aufgabe (A oder B). Ihr/e Partner/-in wählt die andere Aufgabe.**

A Lesen Sie den **Anfang der Nachricht** in der App. Beantworten Sie die Fragen.

B Lesen Sie das **Ende der Nachricht** in der App. Beantworten Sie die Fragen.

1. Wer? Welche Person(en)?
2. Wo ist es passiert?
3. Was ist passiert?

b **Was ist passiert? Erzählen Sie zu zweit.**

Ich habe gelesen, dass ...

C Das ist nichts Neues.

1 Wo hast du das denn gelesen?

a Was ist das Thema? Überfliegen Sie den Text und sprechen Sie im Kurs.

www.dentalnews.example.com

Unglaublich! Professionelle Zahnreinigung hilft nicht!

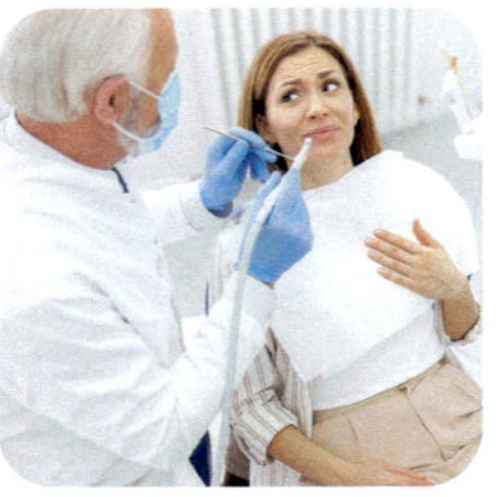

Ein amerikanischer Wissenschaftler warnt: Professionelle Zahnreinigung hilft nicht gegen schlechte Zähne! Der Wissenschaftler Dr. Brian Larsson von der Universität Connecticut beschäftigt sich seit Jahren mit diesem Thema. „Alle Menschen glauben, dass professionelle Zahnreinigung gesund für die Zähne ist. Und auch die Krankenkassen empfehlen sie. Aber: Es gibt keine Untersuchung, die zeigt, dass die Zahnreinigung gut für die Zähne ist", sagt Dr. Larsson. „Im Gegenteil: Unsere eigenen Untersuchungen zeigen: Wenn man oft zur Zahnreinigung geht, kann man die Zähne sogar kaputt machen! Wir zweifeln sehr an den Vorteilen von dieser Behandlung. Und natürlich streiten wir mit den Zahnärzten, die mit dieser Behandlung Geld verdienen wollen."

b Worum geht es? Und: Um wen geht es? Lesen Sie noch einmal in a. Ergänzen Sie.

Fragewörter mit Präpositionen

Sachen/Dinge	**Personen**
Worum geht es im Artikel?	Um wen geht es im Artikel?
Es geht um die __________	Es geht um den __________

auch: Wofür? / Für wen? – Worüber? / Über wen? – Wovon? / Von wem? etc.

c Wofür? Oder: Für wen? Suchen Sie die Verben in a. Fragen und antworten Sie zu zweit wie im Beispiel.

helfen gegen • gut sein für • sich beschäftigen mit • zweifeln an • streiten mit

Wogegen hilft Zahnreinigung nicht? — Zahnreinigung hilft nicht gegen schlechte Zähne.

d Was denken Sie: Kann man der Nachricht glauben? Warum (nicht)? Sprechen Sie in Gruppen.

2 Das habe ich auch gelesen, aber ...

a Was denken Sie: Worüber sprechen Ana da Silva und Tarek Raslan? Sehen Sie sich das Foto an und sprechen Sie im Kurs.

04 **b Woher haben sie ihre Informationen? Sehen Sie das Video. Sprechen Sie im Kurs.**

04 **c Was sagt Tarek Raslan? Sehen Sie das Video noch einmal. Kreuzen Sie an.**

1. ☐ In den sozialen Netzwerken kann man sich gut informieren.
2. ☐ Man sollte nicht nur einer Information glauben.
3. ☐ Zahnreinigung kann nützlich sein.
4. ☐ Auch Menschen mit gesunden Zähnen brauchen eine professionelle Zahnreinigung.
5. ☐ Man sollte die Zähne am besten zweimal am Tag putzen.

Lernziele: Informationen weitergeben • eine Nachricht nacherzählen • über Mediennutzung sprechen • über Neues/Interessantes

d Informieren Sie sich auch in den sozialen Netzwerken? Warum (nicht)? Sprechen Sie im Kurs.

- Ja, weil die Nachrichten dort immer aktuell sind.
- Ich mache das nicht. Ich bezweifle, dass ...

3 Davon habe ich auch gehört.

Wie finden Sie das? Arbeiten Sie in Gruppen. Sprechen Sie wie im Beispiel. Die Redemittel helfen.

spannend • lustig • interessant • komisch • verrückt • schrecklich/furchtbar

Wissenschaftler/-innen berichten:
Wir kennen den Himmel viel besser als den Ozean.

Flöhe können 160-mal so hoch springen wie ein Mensch!

Wasser auf dem Mars gefunden! Ist Leben dort möglich?

Wissenschaftler/-innen warnen: Im Jahr 2100 gibt es im Himalaya kein Eis mehr!

DIE WELT WIRD IMMER UNGLEICHER:
1,2% aller Menschen besitzen die halbe Welt.

- Schau mal, hier steht etwas Lustiges: Flöhe können ... Wusstest du das?

Das ist lustig. = Das ist **etwas Lustiges**
Das ist nicht neu. = Das ist **nichts Neues**.

Ach, wirklich?	Das glaube ich sofort.
Davon habe ich noch nie gehört.	Das kann ich mir gut vorstellen.
Das höre ich zum ersten Mal!	Das kann gut sein.
Das kann ich mir nicht vorstellen.	Das ist nichts Neues. Das habe ich auch schon gehört/gelesen.
Das kann ich kaum glauben!	

4 Und was hast du gelesen?

a Wählen Sie eine Aufgabe (A oder B). Worum geht es in dem Artikel? Machen Sie Notizen zu den W-Fragen.

A Recherchieren Sie einen kurzen Artikel **in Ihrer Sprache**.

B Recherchieren Sie einen kurzen Artikel **auf Deutsch**.

Wer? *Wo?* *Wann?* *Was?*

b Arbeiten Sie in Gruppen. Worum geht es in dem Artikel? Erzählen Sie. Die anderen reagieren. Die App hilft.

- Ich habe neulich etwas Interessantes in den sozialen Medien gelesen. In dem Artikel ging es um eine Frau, die ...

D Glaubst du daran?

1 Ah, darum geht es!

Worum geht es? Sprechen Sie zu zweit wie im Beispiel.

1. ● In diesem Artikel geht es um Politik.
   ● Worum geht es?
   ● Um Politik!
   ● Ah, darum geht es!

2. ● Ich habe über die Meisterschaft gesprochen.
   ● Worüber ...
   ● Über ...
   ● Ah, darüber ...

3. ● Mein Bruder interessiert sich für Kunst.
   ● ...
   ● ...
   ● ...

4. ● Ich denke oft an die Zukunft.
   ● ...
   ● ...
   ● ...

5. ● Ich beschäftige mich gerne mit Technik.
   ● ...
   ● ...
   ● ...

2 Ich ärgere mich manchmal über Politiker.

Welche Wörter passen zu welchen Themen? Arbeiten Sie in Gruppen. Ordnen Sie zu.

das Theater
der Strom
der Film
die Energie
die Medaille
das Gehalt
das Festival
der Bundestag
der Job
die Ministerin
der Läufer
der Umweltschutz
das Konzert
der Bürger
die Produktion
die Ware
der Arbeitgeber
der Staat
das Gesetz
die Weltmeisterschaft

Politik: der Staat, ...

Wirtschaft:

Kultur:

Sport:

3 Die Bedeutung aus dem Kontext erschließen

a Was ist richtig? Lesen Sie. Kreuzen Sie an.

Gute Nachrichten

Max saß in seinem Wohnzimmer und sah die Nachrichten im Fernsehen. Es gab nur schlechte Nachrichten. Das machte ihn traurig. Er fragte sich, ob es überhaupt noch gute Nachrichten auf der Welt gab.

Plötzlich [redacted] es. Max öffnete die Tür. Vor ihm stand ein Mann und lächelte freundlich. „Mein Name ist Jonas", sagte er. „Ich habe gehört, du suchst gute Nachrichten."

Max war überrascht. Woher wusste der Mann das? Er bat ihn herein. „Ich habe eine ganz besondere [redacted]", sagte Jonas. Ich kann in die Zukunft sehen. Und diese Zukunft sieht sehr schön aus." Max glaubte das nicht, aber er hörte weiter zu. Jonas erzählte ihm von einer besseren Welt: „Die Menschen streiten nicht mehr so viel, sondern arbeiten [redacted] zusammen", sagte Jonas. „Auch die Politiker in allen Ländern versuchen, zusammen Probleme zu lösen. Der Umwelt geht es besser, neue Energien werden genutzt." Max konnte nicht glauben, was er hörte. Das konnte doch nicht wahr sein? Aber er hörte weiter zu. „In der Medizin gibt es viel Neues. Viele Krankheiten gibt es nicht mehr. Die Menschen sind gesünder und leben länger." Max wurde immer froher und glücklicher. „Wie kann das sein?", fragte er. „Warum können die Menschen das plötzlich?" Jonas [redacted] den Kopf: „Das weiß ich nicht, aber ich möchte dich um etwas bitten: Erzähl all deinen Freunden und Verwandten von unserem Gespräch."

In den nächsten Tagen und Wochen erzählte Max die Geschichte seinen Freunden, seiner Familie und allen Menschen, die er traf. Und alle ...

1. ☐ Max freut sich über die Nachrichten im Fernsehen.
2. ☐ Jonas hat Informationen über die Zukunft.
3. ☐ Die Zukunft wird nicht besser, sondern anders.
4. ☐ Was Jonas erzählt, macht Max traurig.
5. ☐ Jonas kann nicht erklären, warum er das weiß.
6. ☐ Jonas hat eine Bitte an Max.

b Arbeiten Sie zu zweit. Was denken Sie: Welche Wörter fehlen? Schreiben Sie sie auf Deutsch oder schreiben Sie sie in einer anderen Sprache und übersetzen Sie sie dann ins Deutsche.

c Arbeiten Sie in Gruppen und vergleichen Sie. Sprechen Sie dann im Kurs.

d Was glauben Sie: Wie geht die Geschichte weiter? Sprechen Sie in Gruppen.

- Ich glaube, die Menschen haben sich gefreut.
- Das glaube ich auch. Ich denke, sie haben die Geschichte weitererzählt.

e Schreiben Sie zusammen ein Ende für die Geschichte.

Und alle freuten sich und erzählten die Geschichte weiter. Die Menschen ...

f Lesen Sie das Ende der Geschichte in der App. Vergleichen Sie mit Ihrem eigenen Ende. Welches Ende gefällt Ihnen besser? Sprechen Sie.

4 Alles klar? Wollen Sie mehr üben?

a Was hat Ihnen gefallen? Was war schwer? Was war leicht? Sprechen Sie im Kurs.

b Wiederholen Sie und üben Sie in der App. Wählen Sie A (leichte Übungen) oder B (schwere Übungen).

4 Zusammenleben

A Wir wohnen hier zu viert.

1 So lebe ich.

a **Wie wohnen die Personen? Sehen Sie sich die Fotos oben an. Sprechen Sie im Kurs.**

b **Wo und wie leben die Personen? Lesen Sie und machen Sie Notizen. Die Bildleiste hilft.**

Wir wohnen hier zu viert auf 40 Quadratmetern – das ist nicht immer einfach: Kazimir telefoniert oft noch nach 22 Uhr, Michal hört zu laut Musik und Piotr kann dann nicht schlafen. Aber wir hatten keine andere Wahl. Wir haben Arbeit in München gefunden und die Mieten hier sind sehr teuer. Deswegen haben wir uns entschieden, zusammen ein Monteurzimmer in einem kleinen Vorort zu mieten. Das ist viel billiger für uns und es hat den Vorteil, dass wir zusammen zur Arbeit fahren können.

Ich wohne gerade in einer kleinen Stadt und pflege Herrn Söder. Er ist schon alt und kann nicht mehr alleine leben. Er braucht mich den ganzen Tag, darum wohne ich in seinem Haus in einem gemütlichen Zimmer unter dem Dach. Das hat einerseits den Vorteil, dass ich keine eigene Wohnung brauche. Und natürlich kann ich Herrn Söder schnell helfen. Aber andererseits habe ich hier keine Freunde und vermisse meine Familie in Polen sehr. Der Arbeitsvertrag ist aber nur für drei Monate, ich sehe sie also bald wieder.

Wir haben einen alten Bauernhof von guten Freunden gekauft und renoviert, das war viel Arbeit. Ich wollte schon immer mit meiner Familie auf dem Land wohnen. Meine Eltern sind schon alt und brauchen Hilfe, darum wohnen sie mit uns hier – sie unten, wir oben. Einerseits ist das nicht immer leicht, denn wir müssen für unsere Eltern sorgen und haben oft wenig Zeit für uns. Andererseits sind meine Eltern auch eine Hilfe. Sie passen regelmäßig auf die Kinder auf oder machen mit ihnen Hausaufgaben.

in der Großstadt

in der Kleinstadt

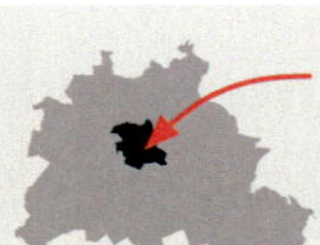
in zentraler Lage

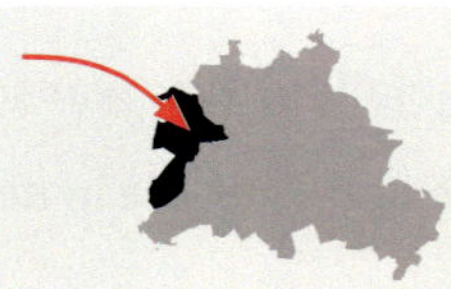
im Vorort

im Dorf / auf dem Land

Lernziele: über verschiedene Wohnformen sprechen und diese vergleichen • Vor- und Nachteile nennen • Adjektive vor Nomen mit

Ich besitze nicht viele Dinge – nur meine Kleidung und meinen Laptop. Als Programmierer kann ich von überall aus arbeiten. Ich habe schon in vielen Städten gelebt. Auf der einen Seite ist es toll, weil ich immer wieder neue Orte und Menschen kennenlernen kann. Das ist spannend und aufregend! Auf der anderen Seite nervt es mich manchmal, kein festes Zuhause zu haben. Ein Nachteil ist auch, dass die Wohnungssuche immer sehr anstrengend ist. Es ist nicht einfach, in einer beliebten Großstadt wie hier in Berlin ein Apartment in zentraler Lage zu finden.

Dinesh

Milosz: in einem Vorort, ...
Sofia: ...

c **Welche Vor- und Nachteile nennen die Personen? Lesen Sie noch einmal. Markieren Sie im Text.**

d **Wie kennen Sie es aus anderen Ländern? Welche Wohnform hat Sie überrascht? Sprechen Sie im Kurs.**

Ich komme aus Rumänien. Da ist es ganz normal, dass ...

2 Ich lebe in einem alten Haus.

a **Wo wohnen die Personen? Lesen Sie noch einmal in 1b. Ergänzen Sie.**

Adjektive vor Nomen: Dativ

Milosz wohnt in einem kleinen Vorort.

Sofia wohnt in einer ____________ Stadt.

Sie wohnt in einem ____________ Zimmer.

Dinesh hat schon in ____________ Städten gelebt.

Wissen Sie es noch?

Das Haus ist groß.

Das große Haus.

Ein großes Haus.

b **Kurskette: Ich wohne ... Sprechen Sie in Gruppen wie im Beispiel.**

kleiner Vorort • ruhige Gegend • helle Wohnung • großer Balkon • moderne Küche • große Fenster • ...

Ich wohne in einem ruhigen Vorort. — Ich wohne in einem ruhigen Vorort, in einer ruhigen ...

3 So möchte ich wohnen.

a **Wie haben Sie schon mal gewohnt? Wie wohnen Sie? Wie möchten Sie wohnen? Wählen Sie eine Wohnsituation (A, B oder C). Machen Sie Notizen zu den Fragen. Die App hilft.**

Ihre Wohnsituation früher **A**	Ihre Wohnsituation jetzt **B**	Ihre Wunsch-Wohnsituation **C**

1. Wo? (Lage)
2. Wie? (Art, Größe, ...)
3. Mit wem?
4. Wie teuer?
5. Welche Vorteile?
6. Welche Nachteile?

b **Stellen Sie sich in eine Ecke (A, B oder C) vom Kursraum. Präsentieren Sie Ihre Wohnsituation in Gruppen.**

Ich möchte gern in zentraler Lage wohnen. Ich hätte auch gern eine eigene Küche. Die Wohnung soll aber nicht zu teuer sein.

in einem Haus

in einer Wohnung

auf einem Bauernhof

in einem Monteurzimmer

in einer WG

B Ich gehe in Elternzeit.

1 Ich möchte Zeit mit meinem Kind verbringen.

a Was glauben Sie: Worüber sprechen Ana da Silva und Tarek Raslan? Sehen Sie sich das Foto an. Sprechen Sie im Kurs.

05 **b Welche Informationen über Tarek Raslan sind neu? Sehen Sie das Video und sprechen Sie im Kurs.**

05 **c Zu wem passen die Aussagen? Sehen Sie das Video noch einmal. Kreuzen Sie an.**

	Ana da Silva	Tarek Raslan
1. Kinder sollten früh in die Kita gehen.	☐	☐
2. Auch Väter sollten sich um ihre Kinder kümmern.	☐	☐
3. Mit Kindern hat man keine Zeit mehr für sich.	☐	☐
4. Mit Kindern erlebt man Schönes.	☐	☐
5. Elternzeit schadet der Karriere nicht.	☐	☐

d Warum will Ana da Silva keine Kinder? Können Sie das verstehen? Sprechen Sie im Kurs.

e Wie kann man es sagen? Ordnen Sie zu.

Du hast recht. • Das sehe ich anders. • Das sehe ich genauso. • Das stimmt nicht. • Ich meine, dass ... • Meiner Meinung nach ...

die Meinung äußern	zustimmen	widersprechen
Ich finde, dass ...	Ich bin deiner Meinung.	Da bin ich anderer Meinung.
______	______	______
______	______	______

f Wie finden Sie die Aussagen in c? Sprechen Sie in Gruppen. Benutzen Sie die Redemittel in e.

- Meiner Meinung nach sollten Kinder erst mit drei Jahren in die Kita gehen.
- Da bin ich anderer Meinung. Ich finde es wichtig, dass ...

2 Sie haben ein Recht auf Elternzeit.

a Welche Überschrift passt? Lesen Sie den Text einmal schnell und ordnen Sie zu.

Gibt es finanzielle Unterstützung? • Wie beantragt man die Elternzeit? • Darf man in der Elternzeit arbeiten? • Wer hat Anspruch? • Wie lange kann man Elternzeit nehmen?

Lernziele: Informationen über Elternzeit verstehen • über Elternzeit sprechen • die eigene Meinung äußern • einer Meinung zustimmen und

www.familienportal.beispiel.de

Elternzeit in Deutschland

Eltern in Deutschland sollen die Möglichkeit haben, sich in den ersten Jahren gut um ihr Kind zu kümmern. Dafür gibt es die Elternzeit.

Eltern, die als Arbeitnehmer/-innen beschäftigt sind, haben Anspruch auf Elternzeit. Selbstständige und Studierende können keine Elternzeit beantragen. Väter und Mütter können gleichzeitig oder nacheinander Elternzeit nehmen.

Beide Eltern können bis zu drei Jahre Elternzeit nehmen. Sie können diese Zeit auch aufteilen: zum Beispiel ein Jahr gleich nach der Geburt und zwei Jahre zwischen dem 3. und 8. Lebensjahr.

Eltern müssen beim Arbeitgeber anmelden, von wann bis wann sie in Elternzeit gehen wollen. Bei Elternzeit zwischen dem 3. und 8. Lebensjahr braucht man die Zustimmung des Arbeitgebers. In der Elternzeit dürfen Arbeitgeber Eltern nicht kündigen.

Eltern dürfen in der Elternzeit Teilzeit arbeiten – maximal 32 Stunden in der Woche. Der Arbeitgeber muss das erlauben. Nur wenn der Betrieb weniger als 15 Beschäftigte hat, gibt es keinen Anspruch auf Teilzeitarbeit.

Pro Kind können Eltern bis zu 14 Monate Elterngeld beantragen. Bei Eltern mit hohem Einkommen sind es 65 % vom Gehalt, bei Eltern mit niedrigem Einkommen bis zu 100 %. Als Mutter oder Vater bekommt man mindestens 300 und maximal 1.800 Euro im Monat. Auch Selbstständige und Studierende können Elterngeld beantragen.

b Was ist richtig? Lesen Sie noch einmal und kreuzen Sie an.

1. ☐ Angestellte und Selbstständige haben Anspruch auf Elternzeit.
2. ☐ Man kann die Elternzeit zu verschiedenen Zeiten nehmen.
3. ☐ Eine Kündigung durch den Arbeitgeber ist in der Elternzeit nicht erlaubt.
4. ☐ Eltern dürfen in der Elternzeit nicht arbeiten.
5. ☐ Das Elterngeld hängt vom Gehalt ab.

c Was war neu für Sie? Und wie kennen Sie es? Sprechen Sie im Kurs.

Ich wusste nicht, dass man so lange in Elternzeit gehen kann. In Brasilien ist es anders, da ...

3 Da bin ich anderer Meinung!

a Was denken Sie? Warum? Wählen Sie eine Aussage zum Thema *Elternzeit*. (A oder B). Sammeln Sie Argumente.

A Beide Eltern sollten die Elternzeit **gerecht (50:50) aufteilen**.

B Die Elternzeit sollte **nicht länger als drei Monate** dauern.

b Was ist Ihre Meinung? Sprechen Sie zu viert. Die Redemittel in 1e helfen.

c Über welches Thema haben Sie gesprochen und welche Meinungen gab es dazu? Sprechen Sie im Kurs.

C Das ist betreutes Wohnen.

1 Ich will selbstständig bleiben.

a Was denken Sie: Wer sind die Personen und wo sind sie? Sprechen Sie in Gruppen.

Ich glaube, die Frau wohnt im Pflegeheim und ...

1.07

b Was ist richtig? Hören Sie und kreuzen Sie an.

1. ☐ Frau Krüger lebt allein.
2. ☐ Betreuer/-innen unterstützen sie im Alltag.
3. ☐ Frau Krüger braucht Hilfe beim Anziehen.
4. ☐ Sie geht nach dem Frühstück allein spazieren.
5. ☐ Am Nachmittag besucht Frau Krüger ihre Kinder.
6. ☐ Sie geht vor 22 Uhr schlafen.

c Wie lebt Frau Krüger? Wie finden Sie das betreute Wohnen? Wie leben ältere Menschen in anderen Ländern? Sprechen Sie im Kurs.

Frau Krüger wohnt mit anderen älteren Personen zusammen. Ich finde das gut.
Bei uns ist das anders. Da ...

2 Ich wasche mir die Hände.

1.07

a Welche Reihenfolge stimmt? Hören Sie noch einmal und ordnen Sie.

☐ Ich wasche mich.	☐ Wir kochen zusammen.	☐ Ich trinke Kaffee.
☐ Ich ziehe mich aus.	☐ Ich frühstücke.	1 Ich stehe auf.
☐ Ich ziehe mir ein Kleid an.	☐ Ich gehe spazieren.	☐ Ich lese auf der Terrasse.
☐ Ich kämme mir die Haare.	☐ Ich lege mich ins Bett.	

b Welche Formen fehlen? Lesen Sie noch einmal in a. Ergänzen Sie.

Reflexivpronomen im Akkusativ und Dativ

Akkusativ	Dativ
Ich wasche ______.	Ich wasche **mir** die Hände.
Ich kämme **mich**.	Ich kämme ______ die Haare.
Ich ziehe **mich** an.	Ich ziehe ______ ein Kleid an.
Ich ziehe ______ aus.	Ich ziehe **mir** das Kleid aus.

Reflexivpronomen im Dativ

Ich wasche **mir** die Hände.
Du wäschst **dir** die Hände.
Er/Sie/Es wäscht **sich** die Hände.
Wir waschen **uns** die Hände.
Ihr wascht **euch** die Hände.
Sie waschen **sich** die Hände.

c Fragen Sie und antworten Sie in Gruppen.

sich die Augen schminken • sich den Bart rasieren • sich die Fingernägel schneiden • sich die Zähne putzen • sich die Hände / die Haare waschen • sich eine Jacke / ... anziehen

Wie oft putzt du dir die Zähne?

Ich putze mir zweimal am Tag die Zähne. Ziehst du dir ... an?

Lernziele: Informationen zum betreuten Wohnen verstehen • über betreutes Wohnen und Leben im Alter sprechen • einen Tagesablauf

3 Zuerst spreche ich mit den Patienten.

a Was macht Frau Bigos wann? Lesen Sie. Ergänzen Sie die Sätze.

Menschen und ihre Arbeit 4/25

Magdalena Bigos

Ich heiße Magdalena Bigos und ich arbeite bei einem ambulanten Pflegedienst. Ich betreue mehrere ältere Menschen, manche besuche ich mehrmals am Tag. Frau Köhler sehe ich immer vormittags. Sie ist eine sehr nette alte Dame, die mich an meine Oma erinnert. Sie braucht Hilfe bei der Körperpflege, der medizinischen Versorgung und beim Essen. Zu Beginn spreche ich immer ein paar Minuten mit Frau Köhler. Ich frage, wie es ihr geht und was ihr fehlt. Eigentlich ist dafür nicht genug Zeit. Ich wünsche mir mehr Zeit für solche Gespräche. Die sind genauso wichtig wie die Körperpflege. Anschließend bringe ich Frau Köhler ins Bad und helfe ihr beim Waschen und beim Zähneputzen. Außerdem verbinde ich ihr krankes Bein neu und gebe ihr ihre Medikamente. Manchmal mache ich mir Sorgen, dass sie stürzt, wenn ich nicht da bin. Wer kümmert sich dann um sie? Zuletzt kümmere ich mich um das Mittagessen. Das Essen bringt ein Lieferservice, ich mache es nur warm und helfe Frau Köhler beim Essen. Tja – und dann muss ich schon wieder zum nächsten Patienten. Manchmal stelle ich mir vor, wie es mir im Alter geht. Ich hoffe, dass dann Menschen für mich da sind.

Zuerst ______

Danach ______

______

Zum Schluss ______

b Was sagt Frau Bigos über ihre Arbeit? Lesen Sie noch einmal und ergänzen Sie.

1. Ich wünsche mir ______
2. Ich mache mir Sorgen, dass ______
3. Ich stelle mir vor, wie ______

c Was wünschen Sie sich für das Leben im Alter? Schreiben Sie Sätze. Benutzen Sie die Satzanfänge in b.

Ich wünsche mir (, dass) ...

4 Könntest du das machen?

a Sie arbeiten im Pflegeheim. Arbeiten Sie zu zweit. Wählen Sie eine Rolle (A oder B). Ihre Partnerin / Ihr Partner wählt die andere Rolle. Lesen Sie in der App. Spielen Sie einen Dialog.

A Sie müssen morgen die Aufgaben von einer Kollegin / einem Kollegen übernehmen. Sie wissen noch nicht, wann Sie was machen sollen. Stellen Sie Fragen. Machen Sie Notizen für Ihren Tagesablauf.

B Sie können morgen nicht arbeiten. Bitten Sie eine Kollegin / einen Kollegen, Ihre Aufgaben zu übernehmen. Erklären Sie ihr/ihm den Tagesablauf.

b Stellen Sie Ihren Tagesablauf vor. Ihre Partnerin / Ihr Partner kontrolliert.

Zuerst helfe ich Frau Padovic beim Waschen. Dann ... Um ...

D Deshalb nehmen Väter Elternzeit.

1 Bald wohnen wir zusammen.

Wo stehen die Wörter richtig? Lesen Sie und korrigieren Sie.

Als ich vor ein paar Jahren mit meiner Freundin nach Berlin gezogen bin, habe ich zuerst in einem schönen **Dach** gewohnt. Das konnte ich bezahlen, weil ich eine gute Stelle hatte. Seit einem Jahr bin ich aber leider **aufregend** und wir beide **renovieren** nicht viel, deshalb ziehen wir bald mit Freund*innen in ein Haus in einem kleinen Vorort. Das Haus ist alt und ein bisschen kaputt, deshalb müssen wir es noch **verdienen**. Bald wohnen wir also mit anderen Menschen unter einem **Apartment** – das wird bestimmt **arbeitslos**!

2 Nur wenige Väter nehmen Elternzeit.

a **Arbeiten Sie zu zweit. Was glauben Sie: Warum gehen Väter (nicht) in Elternzeit? Ordnen Sie zu.**

Warum gehen Väter in Elternzeit?

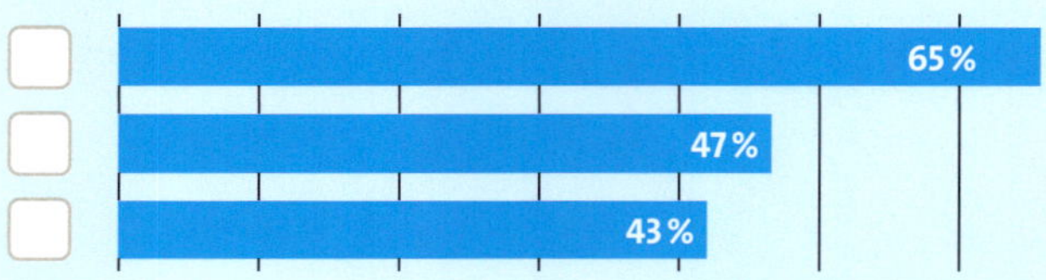

Warum gehen Väter nicht in Elternzeit?

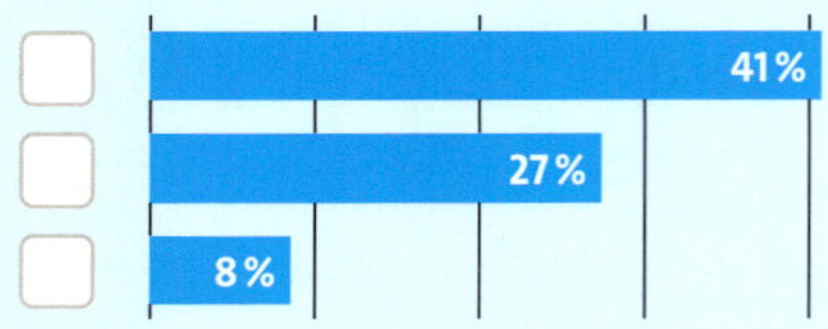

Quelle: statista.de

a Weil sie nicht weniger Geld verdienen wollen.

b Weil sie sich die Kinderbetreuung so besser mit den Müttern teilen können.

c Weil sie Angst haben, dass es schlecht für ihre Karriere ist.

e Weil sie sich eine gute Beziehung zu ihrem Kind wünschen.

f Weil es ihnen wichtig ist, viel Zeit mit ihrem Kind zu verbringen.

g Weil ihnen ihre Arbeit wichtiger ist.

b **Kontrollieren Sie mit der Lösung. Was war neu für Sie? Was hat Sie überrascht? Sprechen Sie zu zweit.**

3 Sätze verbinden

a **Wie kann man die Sätze verbinden? Lesen Sie und schreiben Sie mit *denn*, *weil*, *dass* oder *deshalb*.**

Ich finde, alte und junge Menschen sollten nicht zusammenleben.

Ich finde, ______________________________

Sie passen nicht zusammen. Sie haben verschiedene Interessen.

____

Junge Menschen arbeiten. Sie haben keine Zeit, sich um alte Menschen zu kümmern.

____

Alte Menschen sollten Hilfe von Pfleger/-innen bekommen. Sie brauchen diese Pflege.

____

Warum gehen Väter in Elternzeit? f 65%, b 47%, e 43%; Warum gehen Väter nicht in Elternzeit? a 41%, g 27%, c 8%

Lernziele: eine Grafik zum Thema Elternzeit verstehen • Strategie: Sätze verbinden • Reflexivpronomen im Akkusativ und Dativ

b **Was denken Sie: Können Alt und Jung zusammenwohnen? Welche Vor- und Nachteile gibt es? Was sind Ihre Erfahrungen? Machen Sie Notizen.**

Alt und Jung zusammen?

Vorteile:
– Man kann viel voneinander lernen.

Nachteile:

c **Schreiben Sie Ihre Meinung zum Thema. Verbinden Sie Ihre Sätze wie in a.**

Ich denke, dass alte und junge Menschen ...

d **Arbeiten Sie zu zweit. Tauschen Sie Ihre Texte und kontrollieren Sie: Ist der Text verständlich? Haben Sie Ihre Sätze richtig miteinander verbunden?**

4 Hast du dir heute schon die Haare gewaschen?

a **Was sagen die Personen? Ergänzen Sie.**

1. Ich wasche ______ die Hände.
2. Ich wasche ______.
3. Ich wünsche ______ einen Hund.

06

b **Alles richtig? Sehen Sie das Grammatik-Video. Kontrollieren Sie.**

c **Spielen Sie zu zweit. Bilden Sie abwechselnd Sätze wie im Beispiel. Ist der Satz richtig, dann machen Sie ein Kreuz. Wer zuerst drei Kreuze in einer Reihe hat, hat gewonnen.**

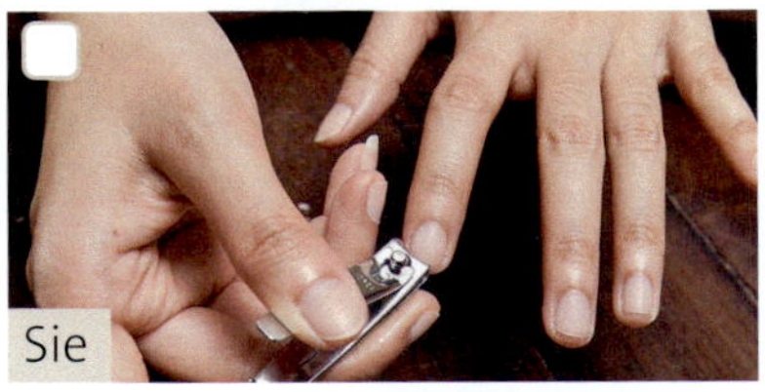

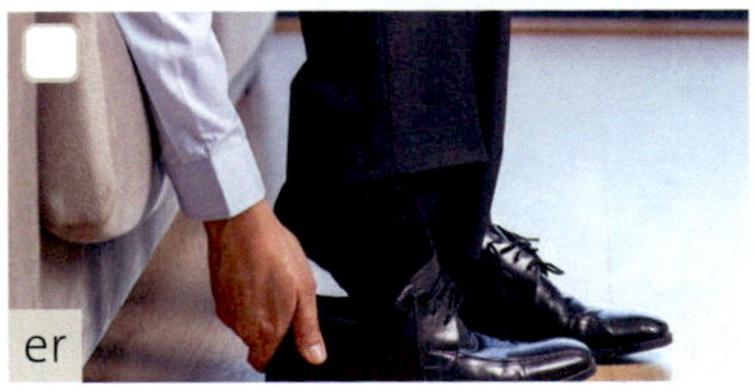

Hast du dir heute die Haare gekämmt?

5 Alles klar? Wollen Sie mehr üben?

a **Was hat Ihnen gefallen? Was war schwer? Was war leicht? Sprechen Sie im Kurs.**

b **Wiederholen Sie und üben Sie in der App. Wählen Sie A (leichte Übungen) oder B (schwere Übungen).**

TREFFPUNKT

Zeit für Positives: Gute Nachrichten

A Bergamo bezahlt Bürger/-innen fürs Fahrradfahren

Die Stadt Bergamo will CO_2 sparen und hatte eine überraschende Idee. Seit Oktober 2022 zahlt die Stadt in Norditalien Bürger/-innen, die mit dem Fahrrad zur Arbeit oder zur Uni fahren, 25 Cent pro Kilometer. Dafür brauchen die Bürger/-innen nur ein Gerät, das die Kilometer zählt, und eine App auf dem Smartphone. Die Bürger/-innen können so bis zu 30 Euro im Monat bekommen.

B Vermisste Katze aus Frankreich in Nürnberg wiedergefunden

Eine Familie aus Colmar in Frankreich suchte fast vier Monate ihre Katze Kiri, die seit Juni vermisst war. Im Oktober fand ein älterer Herr sie in Nürnberg und brachte sie dort ins Tierheim. Das Tierheim konnte die Familie zum Glück schnell kontaktieren. Die französische Familie war sehr glücklich, aber auch überrascht, denn sie weiß nicht, wie Kiri nach Nürnberg gekommen ist – von Colmar nach Nürnberg sind es 300 Kilometer.

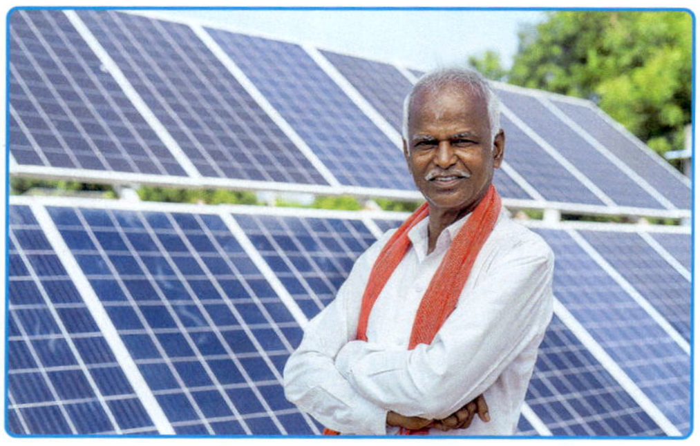

C Kostenloser Strom in Modhera

Modhera ist das erste Dorf in Indien, das seinen Strom komplett mit Sonnenenergie produziert. Auf jedem Haus in dem Dorf mit 6.400 Einwohner/-innen gibt es eine kleine Solaranlage. Weil die Energie gespeichert wird, haben die Bewohner/-innen auch nachts Strom. Der Strom ist für sie kostenlos. Das Projekt von der indischen Regierung startete 2022 und kostete 9,7 Millionen US-Dollar.

1 Zeit für Positives: Gute Nachrichten

1.08–10

a **Arbeiten Sie zu dritt. Wählen Sie eine Nachricht (A, B oder C). Ihre Partner/-innen wählen die anderen Nachrichten. Hören Sie und lesen Sie. Worum geht es? Machen Sie Notizen zu den W-Fragen.**

b **Präsentieren Sie Ihre Nachricht in der Gruppe. Ihre Notizen aus a helfen.**

In meiner Nachricht geht es um die Stadt Bergamo. Dort …

c Projekt. **Suchen Sie eine positive Nachricht im Internet. Worum geht es? Machen Sie Notizen zu den W-Fragen. Erzählen Sie in Gruppen.**

d **Über welche Nachricht freuen Sie sich besonders? Warum? Sprechen Sie im Kurs.**

Wir fragen: Wie sieht es mit der Elternzeit aus? – Eltern erzählen.

Ahmed (42), Caro (38), Dalia (3) und Maya (7 Monate)

Bei unserer ersten Tochter habe ich leider keine Elternzeit genommen. Das haben wir bei Maya anders gemacht, weil ich mehr Zeit mit dem Baby verbringen wollte. Die ersten drei Monate hatten Caro und ich gleichzeitig Elternzeit und haben uns zusammen um das Baby und den Haushalt gekümmert.
Wir haben auch eine kleine Reise gemacht und waren drei Wochen in Spanien unterwegs. Es war schön, in der Elternzeit ein paar Wochen verreisen zu können. Nach der Elternzeit habe ich wieder angefangen zu arbeiten, aber nur 80 Prozent. Wenn Maya 18 Monate alt ist, wird sie in die Kita gehen und Caro wird dann auch wieder arbeiten.

Alissa (20), Yann (22) und Antonia (1)

Seit der Geburt von Antonia bin ich zu Hause und kümmere mich um sie und um den Haushalt. Ich wurde schwanger, als ich in der Ausbildung war. Weil ich noch nicht gearbeitet habe, bekomme ich nur 300 Euro Elterngeld. Deshalb muss Yann arbeiten gehen, und zwar Vollzeit. Das ist natürlich sehr schade, weil er Antonia nicht so oft sieht. Aber am Wochenende hat er zum Glück frei. Dann hilft er mir im Haushalt und versucht, viel Zeit mit Antonia zu verbringen.
In zwei Monaten mache ich mit meiner Ausbildung weiter. Dann geht Yann in Elternzeit.

Lee (29), Luisa (28) und Olivia (1)

Da Luisa schnell wieder arbeiten wollte, war für uns klar, dass wir uns die Elternzeit 50/50 aufteilen. Zuerst war Luisa sieben Monate mit Olivia zu Hause und danach hatte ich sieben Monate Elternzeit. Mein Chef war überrascht, dass ich so lange zu Hause bei dem Baby bleiben wollte. Aber ich bin wirklich froh über meine Entscheidung. Auf der einen Seite war es toll, so viel Zeit mit Olivia zu verbringen. Aber auf der anderen Seite habe ich auch gemerkt, wie anstrengend der Alltag mit einem Baby sein kann – man hat gar keine Zeit mehr für sich!
Ich fand es nicht leicht, aber es war wichtig für uns als Familie!

2 Wie sieht es mit der Elternzeit aus?

a Was bedeuten die Zahlen? Lesen Sie und machen Sie Notizen.

80: *300:* *50/50:*

b Wie haben Ahmed, Alissa und Lee die Zeit nach der Geburt organisiert? Warum? Lesen Sie noch einmal und sprechen Sie in Gruppen.

Ahmed hat bei seiner ersten Tochter keine Elternzeit genommen. Bei seiner zweiten Tochter …

5 Klima und Umwelt

A Umweltschutz ist wichtig.

1 Was ist gut für die Umwelt?

Was denken Sie: Was ist (nicht) gut für die Umwelt? Wie kann man die Umwelt schützen? Sehen Sie sich die Fotos an. Sprechen Sie in Gruppen.

- Es ist nicht gut für die Umwelt, viel Papier zu verbrauchen.
- Ja, stimmt. Es ist umweltfreundlicher, wenn man nicht alles ausdruckt.

2 Sie essen Fleisch, Herr Raslan?

07 **a Wo sind die Personen? Über welche Themen sprechen sie? Sehen Sie das Video. Sprechen Sie im Kurs.**

07 **b Ana da Silva (D), Tarek Raslan (R), Stephan Stift (S) oder Iris Kron (K)? Wer hat welche Meinung? Sehen Sie das Video noch einmal und ergänzen Sie.**

1. ______ und ______ finden, dass es besser für die Umwelt ist, vegetarisch zu essen.
2. ______ ist der Meinung, dass man Papier sparen sollte.
3. ______ findet, dass Kaffee-To-Go-Becher schädlich für die Umwelt sind.
4. ______ und ______ finden, dass man umweltfreundlich zur Arbeit kommen soll.

c Wie sprechen die Personen miteinander? Wie finden Sie das? Sprechen Sie im Kurs.

ernst • witzig • (un-)höflich • (un-)sicher • streng • direkt • genervt

- Ich finde, dass Frau da Silva sehr direkt mit ihren Kolleginnen und Kollegen spricht.

Lernziele: eine Diskussion verstehen • den Gesprächston in Diskussionen vergleichen • die eigene Meinung äußern •

3 Darf ich Sie kurz unterbrechen?

a Wie kann man es noch sagen? Lesen Sie und ordnen Sie zu.

Was meinen Sie dazu? • Darf ich Sie kurz unterbrechen? • Sagen Sie doch auch mal etwas! • Darf ich bitte mal ausreden?

um das Wort bitten	jemanden zum Sprechen auffordern
Moment, ich möchte etwas sagen.	Ich glaube, ... möchte etwas sagen.
Könnte ich auch noch etwas sagen?	______________
______________	______________
______________	

b Wann benutzt man die Redemittel in a? Welche würden Sie nutzen? Welche nicht? Sprechen Sie im Kurs.

4 Ich friere!

a Wie kann man die Umwelt schützen? Über welche Ideen sprechen die Personen? Lesen Sie und sprechen Sie im Kurs.

Ariane 10:13 Unglaublich, oder!? Unsere Firma heizt nur noch bis 19 Grad. Es ist Winter! Ich friere! Ich will mich doch nicht erkälten!

Carlo 10:20 Tja, du könntest einen Pullover anziehen! Wir müssen alle etwas für den Umweltschutz tun. 😉

Ariane 10:22 Ja, da hast du recht, aber ist die Lösung, weniger zu heizen? Ich finde es wichtiger, dass wir versuchen, weniger Fleisch zu essen. Ich habe vorgeschlagen, dass wir in unserer Kantine nur noch vegetarische Gerichte anbieten. Das ist viel besser für die Umwelt.

Carlo 10:24 Überhaupt kein Fleisch mehr? Ich glaube, das gibt nur Ärger, denn viele Leute essen gern Fleisch. Ich finde es wichtiger, dass wir versuchen, weniger Abgase zu produzieren. Deswegen sollten wir jeden Tag mit den öffentlichen Verkehrsmitteln zur Arbeit kommen und nicht mit dem Auto!

Ariane 10:27 Ja, das ist gut, aber nicht für alle so einfach. Ich muss meine Kinder auf dem Weg zur Arbeit in die Kita bringen. Da brauche ich ein Auto. Schwierig! ☹️

b Was spricht gegen diese Ideen? Lesen Sie noch einmal. Markieren Sie und vergleichen Sie.

c Was sollte die Firma für den Umweltschutz tun? Arbeiten Sie zu dritt. Wählen Sie eine Rolle in der App (A, B oder C). Ihre Partner/-innen wählen die anderen Rollen. Lesen Sie. Notieren Sie Ihre Argumente.

d Welche Redemittel aus 3a möchten Sie benutzen? Notieren Sie zwei Sätze.

e Diskutieren Sie in der Gruppe. Reagieren Sie auf die anderen.

- Ich finde, dass die Firma weniger heizen sollte, denn so kann man einfach Energie sparen.
- Ich finde das keine gute Idee. Ich glaube, dass ...

f Wie war die Diskussion? Wie haben Sie sich gefühlt? Haben alle gesprochen? Was können Sie noch verbessern? Sprechen Sie im Kurs.

B Autofreie Innenstädte!

1 Das wollen wir ändern.

a Welche Überschrift passt am besten? Überfliegen Sie den Text. Sprechen Sie zu dritt.

1. Verschiedene Initiativen in der Stadt
2. Wir müssen auf unsere Gesundheit achten!
3. Unser Stadtzentrum soll autofrei werden!

meinestadt-autofrei.beispiel.de

die autofreie Innenstadt

Auf 1.000 Menschen, die in der Stadt leben, kommen 450 Autos. Und dazu kommen noch die Autos von Pendler/-innen und von Menschen, die zum Beispiel zum Einkaufen in die Stadt fahren. Alle diese Autos fahren durch die Stadt, stehen im Stau oder parken auf den Straßen. Das macht die Stadt für Fußgänger/-innen und Radfahrer/-innen gefährlich und der Lärm und die Abgase schaden der Gesundheit. Leider sind die öffentlichen Verkehrsmittel oft unpünktlich oder fahren zu selten. Und das sorgt für eine große Abhängigkeit vom Auto. Genau das wollen wir ändern!
Die Zuständigkeit für die Verkehrsplanung liegt bei der Stadt. Aber wir können auch selbst aktiv werden. In vielen Städten hat es bereits tolle Initiativen gegeben, die interessante Lösungen für eine autofreie Innenstadt gefunden haben. Das wollen wir auch in unserer Stadt: Mehr Platz für Fußgänger/-innen, gute Radwege und einen zuverlässigen öffentlichen Nahverkehr.
Schreiben Sie uns Ihre Vorschläge und Ideen, aber auch Ihre Bedenken. Am 23.9. organisieren wir eine Podiumsdiskussion: Dann wollen wir alle Ideen mit Ihnen und den Expertinnen und Experten besprechen und zusammen konkrete Aktionen für unsere Stadt planen.
Die Aktionsgruppe „Autofreie Innenstädte"

b Wo steht es im Text? Arbeiten Sie zu zweit. Lesen Sie und markieren Sie in a.

1. Fast die Hälfte von allen Menschen in der Stadt hat ein Auto.
2. Der laute Verkehr und die Abgase sind nicht gut für die Gesundheit.
3. Menschen brauchen ihr Auto, weil der öffentliche Nahverkehr oft unzuverlässig ist.
4. Die Stadt trifft die Entscheidungen für die Verkehrsplanung.
5. In vielen Städten haben Menschen sich schon für eine autofreie Innenstadt eingesetzt.
6. Wir wollen alle Vorschläge, Ideen und Bedenken öffentlich diskutieren.

c Was passt: *der*, *die* oder *das*? Lesen Sie noch einmal in a. Ergänzen Sie.

Nomen auf *-heit*, *-keit*, *-ion*

_____ Gesundheit, _____ Abhängigkeit, _____ Diskussion

Wissen Sie es noch?

die Lösung

die Planung

d Kennen Sie andere Wörter auf *-heit*, *-keit* oder *-ion*? Sammeln Sie in Gruppen.

-heit

-keit

-ion

2 Das ist für mich das Hauptargument.

a Wer ist für eine autofreie Innenstadt, wer dagegen? Warum? Lesen Sie und machen Sie Notizen.

meinestadt-autofrei.beispiel.de

Mia Grün: Radfahren ist im Zentrum oft gefährlich: Viele Autofahrer/-innen passen nicht gut auf und es passieren viele Unfälle. Deshalb bin ich für eine autofreie Innenstadt. Dafür spricht auch, dass die Straßen lebenswerter und lebendiger werden und dass Kinder wieder auf der Straße spielen können. Das Hauptargument für mich ist aber, dass es gut für das Klima und unsere Gesundheit ist. Denn kein Autoverkehr bedeutet: keine Abgase und saubere Luft zum Atmen.

Fadey D: Mia hat recht. Es ist gut, wenn die Straßen nicht mehr so gefährlich sind. Und natürlich ist das Klima wichtig. Aber ein wichtiges Argument gegen eine autofreie Stadt ist, dass nicht alle Leute Fahrrad fahren oder zu Fuß gehen können. Ich habe selbst zwei kleine Kinder, die ich vor der Arbeit in die Kita bringen muss. Mit den öffentlichen Verkehrsmitteln brauche ich 50 Minuten, mit dem Auto nur 30 Minuten.

b Welche Argumente für oder gegen eine autofreie Innenstadt sind für Sie wichtig? Sprechen Sie zu dritt und sammeln Sie weitere Argumente.

c Wie kann man es noch sagen? Markieren Sie in a. Ergänzen Sie.

Argumente nennen	auf Argumente reagieren
Ein (wichtiges) Argument für/gegen ... ist ...	Ich sehe das genauso wie ... (*Name*)
______	______
Das wichtigste Argument ist, dass ...	Ich sehe das anders als ... (*Name*)
______	

3 Deshalb bin ich dafür.

a Sind Sie dafür oder dagegen? Wählen Sie eine Aufgabe (A oder B). Machen Sie Notizen.

A Und Sie? Sind Sie für oder gegen eine **autofreie Innenstadt**? Warum?

B Sollte man **Elektrogeräte, Kleidung, Möbel, ... gebraucht kaufen**? Warum (nicht)? Lesen Sie in der App.

b Reagieren Sie und schreiben Sie Ihre Meinung zum Thema. Benutzen Sie Ihre Notizen aus a. Die App und die Redemittel in 2c helfen.

Ich sehe das genauso wie ...

c Arbeiten Sie zu zweit. Tauschen Sie Ihre Texte. Ist die Meinung klar? Können Sie die Argumente gut verstehen? Was könnte man verbessern? Sprechen Sie zu zweit.

Ich finde deine Argumente verständlich, aber ich habe noch eine Frage: Was meinst du mit ...

C Wie werden wir leben?

1 Das Klima ändert sich.

a Was sehen Sie auf den Fotos? Sprechen Sie zu zweit. Die Bildleiste hilft.

A

B

C

D

E

F

- Auf Foto A regnet es stark. Man sieht eine Überschwemmung.
- Ja, alles steht unter Wasser.

b Arbeiten Sie mit einem anderen Paar. Wählen Sie zwei Fotos. Was glauben Sie: Was für eine Zukunft zeigen die Fotos? Sprechen Sie.

- Für die Landwirtschaft ist es ein Problem, dass das Klima sich so schnell ändert. Wenn es zu trocken ist, wächst nichts mehr.
- Ja, die Wissenschaft muss neue Technologien entwickeln, damit man auch in Zukunft Gemüse und Obst anbauen kann.

2 Ich glaube leider, dass es schon zu spät ist.

1.11 **a Worum geht es in der Radiosendung? Hören Sie den Anfang. Sprechen Sie im Kurs.**

1.12–13 **b Arbeiten Sie zu zweit. Wählen Sie eine Person (A oder B). Ihre Partnerin / Ihr Partner wählt die andere Person. Ist Ihre Person optimistisch oder pessimistisch? Hören Sie weiter. Kreuzen Sie an.**

Die Person ist ☐ optimistisch ☐ pessimistisch.

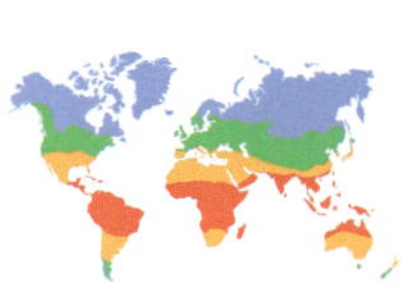
das Klima

der Klimawandel

die Temperatur

die Hitze/Wärme

die Kälte

die Klimaanlage

Lernziele: über die Zukunft sprechen • Vermutungen äußern • Futur I • Wortfeld: Klima, Wetter

1.12–13

c Hören Sie noch einmal. Machen Sie Notizen.

1. Welche Probleme sieht Ihre Person?
2. Wer kann etwas tun?
3. Welche Lösungen nennt Ihre Person?

d Arbeiten Sie zu zweit. Was haben Sie gehört? Erzählen Sie. Ihre Notizen aus c helfen.

e Und Sie: Sind Sie eher optimistisch oder pessimistisch? Warum? Sprechen Sie in Gruppen.

3 Die Temperaturen werden steigen.

a Wer hat es gesagt? Frau Haase, Herr Stock oder beide? Sprechen Sie mit Ihrer Partnerin / Ihrem Partner aus 2. Kreuzen Sie an.

	Frau Haase	Herr Stock
1. Die Temperaturen werden in den nächsten Jahren steigen.	☐	☐
2. Es wird nicht genug Lebensmittel auf der Erde geben.	☐	☐
3. Die Häuser werden Klimaanlagen brauchen.	☐	☐
4. Es wird öfter Überschwemmungen geben.	☐	☐
5. Die Menschen werden neue Technologien erfinden.	☐	☐
6. Die Menschen werden die Städte umbauen.	☐	☐

b Unterstreichen Sie die Verben in a und ergänzen Sie.

Futur I: *werden* + Infinitiv

über die Zukunft sprechen und Vermutungen äußern

Die Temperaturen **werden** in den nächsten Jahren **steigen**.

Es ______ öfter Überschwemmungen ______.

Wissen Sie es noch?

Morgen **scheint** die Sonne.

c Wie wird es in 50 Jahren sein? Sprechen Sie zu zweit. Benutzen Sie das Futur I.

- Die Menschen werden wahrscheinlich weniger fliegen.
- Ja, das glaube ich auch. Ich vermute, dass …

4 Wie wird die Zukunft sein?

a Arbeiten Sie in Gruppen. Welche Folgen des Klimawandels kennen Sie aus anderen Ländern oder Städten? Lesen Sie die Fragen. Sammeln Sie Informationen zu einem Land / einer Stadt und machen Sie ein Plakat.

1. Wie wird das Wetter in diesem Land sein?
2. Wie werden die Städte/Landschaften aussehen?
3. Welche Probleme wird es geben?
4. Welche Lösungen kann es für diese Probleme geben? Wer kann etwas tun?

b Kursspaziergang. Hängen Sie die Plakate auf. Gehen Sie von Plakat zu Plakat. Was möchten Sie noch wissen? Fragen Sie und antworten Sie.

die Trockenheit/Dürre

die Überschwemmung

das Gewitter

der Sturm

das Gewächshaus

Gemüse anbauen

D Plastikgeschirr ist praktisch.

1 Die Struktur von einem Text erkennen

a Was denken Sie: Welche Reihenfolge ist richtig? Arbeiten Sie zu zweit. Lesen Sie und ordnen Sie (1–5).

☐ **Ein Vorteil von Plastikgeschirr ist natürlich, dass** es praktisch ist und dass man es nicht spülen muss. Man benutzt es einmal und dann wirft man es in den Müll. So hat man keine Arbeit damit.

☐ **Ich möchte heute über das Thema „Plastikgeschirr" schreiben. Es ist für mich ein wichtiges Thema, denn** wir verwenden meiner Meinung nach zu viel Plastik. Man kauft einen Kaffee und bekommt ihn in einem Plastikbecher oder man kauft Essen an einem Imbiss und bekommt einen Plastikteller und Plastikbesteck. Plastikgeschirr ist überall.

☐ **Für mich ist das Hauptargument, dass** der Plastikmüll nicht gut für die Umwelt ist. Auch in vielen Tausend Jahren wird es diesen Müll noch geben und er wird das Land und die Meere verschmutzen.

☐ **Deshalb bin ich gegen** die Verwendung von Plastikgeschirr. **Meiner Meinung nach** sollten wir versuchen, Alternativen zu Plastikgeschirr zu finden. Nur so können wir die Umwelt schützen.

☐ **Gegen Plastikgeschirr spricht, dass** die Mülleimer in vielen Städten immer sehr voll sind. Die Müllabfuhr kostet viel Geld und manchmal liegt auch Müll neben dem Mülleimer. Das sieht nicht schön aus.

b Welche Argumente für und gegen Plastikgeschirr gibt es? Lesen Sie noch einmal in a und ergänzen Sie.

Argumente für Plastikgeschirr:	*Argumente gegen Plastikgeschirr:*
– ...	*– ...*

2 Mit dem Fahrrad zum Deutschkurs?

a Sollte man mit dem Fahrrad zum Deutschkurs fahren? Arbeiten Sie zu dritt. Sammeln Sie Argumente dafür und dagegen. Machen Sie Notizen.

Argumente für das Radfahren:	*Argumente gegen das Radfahren:*
– Es ist besser für die Umwelt. *– ...*	*– Es ist gefährlich.* *– ...*

b Welche Meinung haben Sie dazu? Schreiben Sie einen Text wie in 1.

c Arbeiten Sie zu dritt. Lesen Sie Ihren Text vor. Die anderen geben Feedback.

1. Gibt es Pro- und Kontra-Argumente im Text?
2. Kann man die eigene Meinung gut verstehen?

Lernziele: Strategie: die Struktur von einem Text erkennen • einen Text mit Pro- und Kontra-Argumenten schreiben •

3 Das Klima ändert sich.

Welche Wörter passen? Ergänzen Sie. Was ist das Lösungswort?

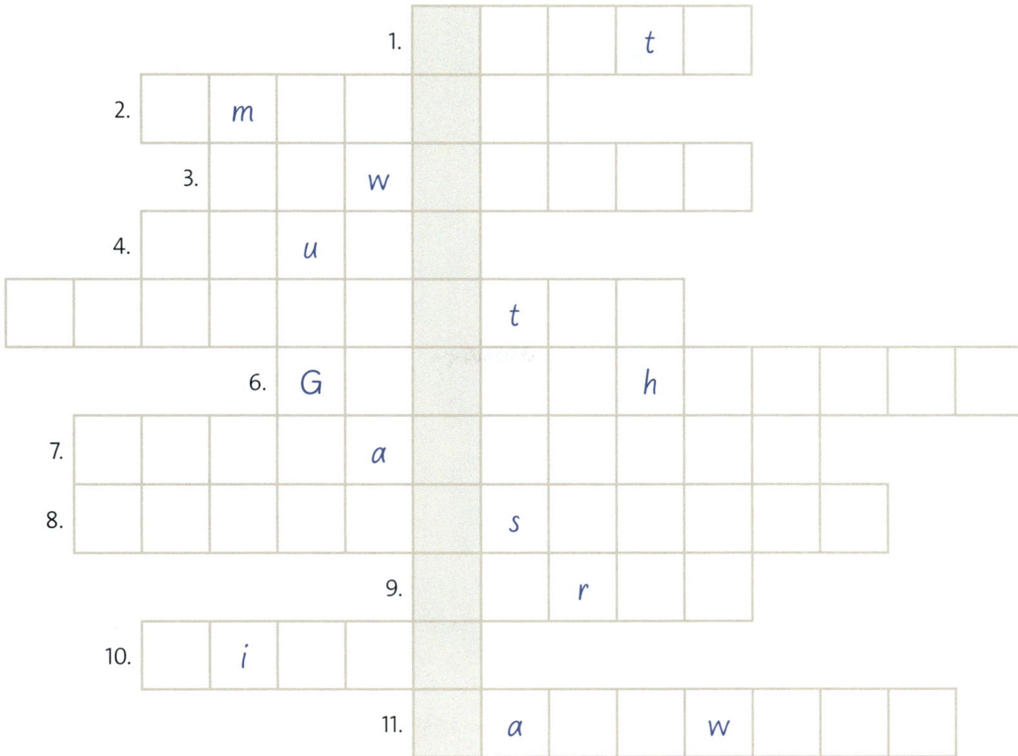

1. Bei ... mache ich die Heizung an.
2. Abgase sind schädlich für die ...
3. Wenn es donnert und blitzt, gibt es ein ...
4. Wenn der Wind sehr stark ist, redet man von einem ...
5. Die ... auf der Erde steigt seit vielen Jahren.
6. Hier wächst auch im Winter Gemüse: im ...
7. Wenn es in der Wohnung heiß ist, schalte ich die ... ein.
8. Die ... entwickelt neue Technologien.
9. Bei einer ... ist der Boden sehr trocken.
10. Das Gegenteil von Kälte ist ...
11. Eine Person, die z. B. Gemüse anbaut, ist ein ...

Das Klima ändert sich: der ____________________

4 Du wirst in 10 Jahren ...

Arbeiten Sie zu dritt. Würfeln Sie und sprechen Sie wie im Beispiel. Die anderen reagieren.

1 in 10 Jahren	1 zwei Kinder haben
2 in 5 Jahren	2 einen Marathon laufen
3 nächstes Jahr	3 perfekt Deutsch sprechen
4 im nächsten Sommer	4 eine eigene Firma haben
5 nächsten Monat	5 einen neuen Job bekommen
6 nächste Woche	6 ...

Du wirst nächstes Jahr perfekt Deutsch sprechen!

Ich hoffe es! Aber ich bezweifle, dass es so schnell geht.

5 Alles klar? Wollen Sie mehr üben?

a **Was hat Ihnen gefallen? Was war schwer? Was war leicht? Sprechen Sie im Kurs.**

b **Wiederholen Sie und üben Sie in der App. Wählen Sie A (leichte Übungen) oder B (schwere Übungen).**

6

Gut versichert!

A Ich hatte einen Arbeitsunfall.

1 Ich bin auf dem Weg zur Arbeit gestürzt.

a **Was sehen Sie auf dem Foto? Wofür brauchen Ana da Silva und Tarek Raslan den Erste-Hilfe-Kasten? Sprechen Sie im Kurs. Die Bildleiste hilft.**

08

b **Richtig oder falsch? Sehen Sie das Video. Kreuzen Sie an.**

	richtig	falsch
1. Frau da Silva hat sich verletzt und sieht blass aus.	☐	☐
2. Herr Stift hat den Unfall gesehen.	☐	☐
3. Herr Raslan ruft einen Krankenwagen.	☐	☐
4. Frau da Silva möchte sich krankschreiben lassen.	☐	☐
5. Sie soll sich vom Durchgangsarzt untersuchen lassen.	☐	☐
6. Sie muss das Meldeformular noch ausdrucken.	☐	☐

c **Warum ist das Meldeformular wichtig? Sprechen Sie im Kurs.**

d **Hatten Sie schon einmal einen Unfall bei der Arbeit? Erzählen Sie im Kurs.**

2 Sie müssen den Unfall melden.

08

a **Welche Angaben fehlen im Formular? Sehen Sie das Video noch einmal. Ergänzen Sie rechts.**

der Arbeitsunfall

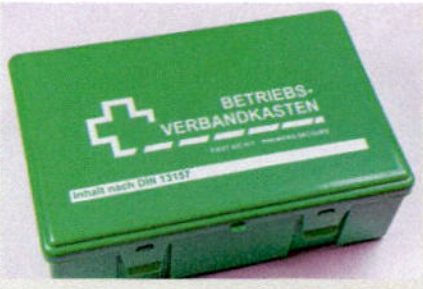

der Verbandkasten

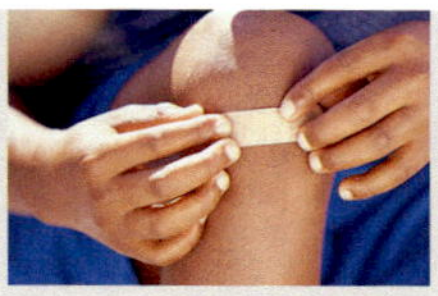
das Pflaster

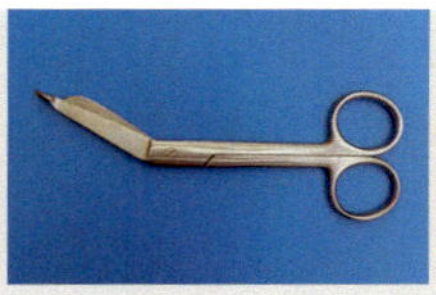
die Schere

das Verbandpäckchen

Lernziele: ein Meldeformular zu einem Arbeitsunfall verstehen • einen Arbeitsunfall und Erste-Hilfe-Leistungen beschreiben •

Angaben zur Person

Name der verletzten Person: ____________ Tel.-Nr.: *030 688 317 48*

Name des Unternehmens: *Langenbeck Institut* Arbeitsbereich: *Empfang*

Angaben zum Unfall

Datum/Uhrzeit: *5.10.2025, 7:50 Uhr* Ort des Unfalls: ____________

Hergang des Unfalls: *Ich bin mit dem Fahrrad auf den Parkplatz gefahren. Dort lag ein Stein, den ich zu spät gesehen habe. Ich bin gegen den Stein gefahren, bin gestürzt und habe mich an der linken Hand verletzt. Ich bin auch auf den Kopf gefallen, aber ich habe einen Helm getragen.*

Art der Verletzung: ____________

Namen der Zeuginnen/Zeugen: ____________

Erste-Hilfe-Behandlung

Art der Behandlung: *Wunde mit Wundspray gereinigt,* ____________

Name der Ersthelferin / des Ersthelfers: ____________

Besuch bei der Durchgangsärztin / dem Durchgangsarzt: ☒ ja ☐ nein

b Wie steht es im Formular? Lesen Sie noch einmal in a. Ergänzen Sie.

		Genitiv	Wissen Sie es noch?
Wo ist der Unfall passiert?	maskulin	Ort des Unfalls	Anas Fahrrad
Wie heißt das Unternehmen?	neutral	Name ____ Unternehmen ____	
Wie ist die Verletzung?	feminin	Art ____ Verletzung	
Wie heißen die Zeuginnen und Zeugen?	Plural	Namen ____ Zeuginnen/Zeugen	

c Was passt zusammen? Arbeiten Sie zu zweit. Schreiben Sie wie im Beispiel.

der Name • die Kosten • der Zeitpunkt • die Adresse • die Art

das Mädchen • der Unfall • die Patientin • die Verletzung • die Zeuginnen und Zeugen • die Behandlung

der Name der Patientin

3 Ich habe nicht aufgepasst.

a Was ist mit Sander Halm passiert? Wählen Sie eine Rolle in der App (A oder B). Ihre Partnerin / Ihr Partner wählt die andere Rolle. Machen Sie Notizen.

1. Ort und Uhrzeit des Unfalls
2. Hergang des Unfalls
3. Art der Verletzung
4. Name der Zeugin
5. Art der Erste-Hilfe-Behandlung
6. Name der Ersthelferin

b Welche Informationen fehlen Ihnen noch? Sprechen Sie zu zweit. Fragen Sie und ergänzen Sie Ihre Notizen.

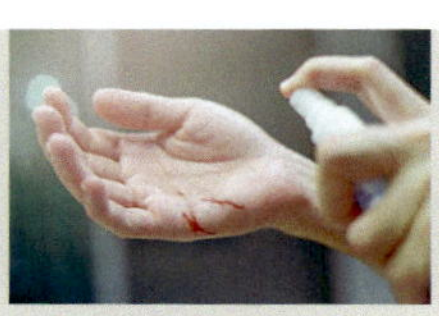
das Wundspray

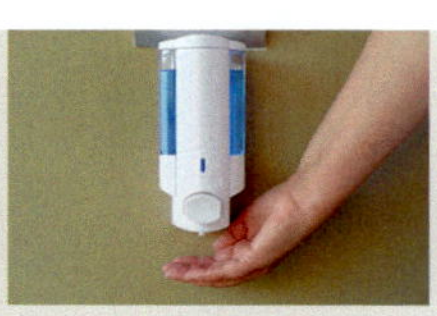
das Desinfektionsmittel

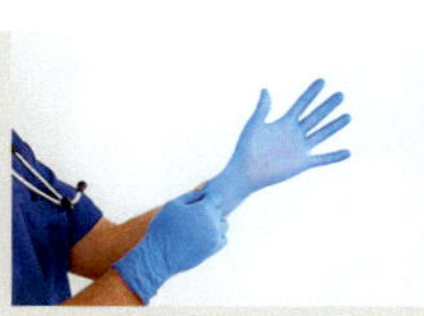
die Einmal-Handschuhe

die Maske

die Kompresse

B Ich habe eine Panne.

1 Warten Sie an einem sicheren Ort auf uns.

a Was ist hier passiert? Was sehen Sie? Sehen Sie sich das Foto an. Sprechen Sie im Kurs. Die Bildleiste hilft.

Auf dem Foto kann man ... sehen.

Im Vordergrund erkennt man ...

Im Hintergrund ist ... erkennbar.

Vorn/Hinten rechts/links sieht man ...

Das Foto zeigt ...

b Eine Panne auf der Autobahn. Was machen Sie zuerst, was danach? Arbeiten Sie zu zweit. Ordnen Sie (1–8).

	Sie	Antonia	
a	☐	☐	den Pannendienst anrufen
b	☐	☐	die Warnweste anziehen
c	☐	☐	im ersten oder zweiten Gang zur Seite fahren
d	☐	☐	die Unfallstelle mit dem Warndreieck sichern
e	☐	☐	zur Notrufsäule gehen
f	☐	☐	auf der Beifahrerseite aussteigen
g	☐	☐	das Warnblinklicht einschalten

1.14 **c Was hat Antonia zuerst gemacht, was danach? Hören Sie. Ordnen Sie in b. Haben Sie anders geordnet? Warum? Vergleichen Sie im Kurs.**

1.15 **d Wann kommt der Pannendienst? Hören Sie. Kreuzen Sie an.**

Der Pannendienst kommt ...

a ☐ innerhalb einer halben Stunde.

b ☐ innerhalb einer Stunde.

c ☐ innerhalb von zwei Stunden.

innerhalb + Genitiv

innerhalb eines Vormittags, Tages, Monats
eines Jahres, Jahrzehnts, Jahrhunderts
einer Sekunde, Minute, Stunde, Woche

! innerhalb von 30 Minuten, zwei Stunden, ...

e Was schaffen Sie innerhalb einer Minute, einer Stunde, eines Tages? Sprechen Sie in Gruppen.

Ich kann innerhalb einer Minute mein Bett machen.

das Warndreieck

die Warnweste

das Warnblinklicht

der Seitenstreifen

der Pannendienst

die Panne

Lernziele: Informationen zum Verhalten bei einer Panne verstehen • eine Panne melden • Wortfeld: Auto und Verkehr •

2 Bleiben Sie nicht auf der Fahrbahn, fahren Sie zur Seite!

a Wie bekommen Sie Hilfe auf der Autobahn? Lesen Sie. Schreiben Sie Antworten.

Eine Autopanne: Wie verhalten Sie sich richtig?

Sie haben einen Platten, die Bremsen funktionieren nicht mehr richtig oder die Batterie ist leer? Was tun, wenn das Auto auf der Autobahn liegen bleibt? Der ADAC-Pannendienst gibt folgende Tipps:

Sie sollten nicht nervös werden, sondern ruhig bleiben und das Warnblinklicht einschalten. Sie dürfen nicht weiterfahren, sondern Sie müssen auf dem Seitenstreifen anhalten. Wichtig ist: Sie dürfen nicht im Auto sitzen bleiben, sondern Sie müssen sofort aussteigen. Machen Sie den Motor aus und ziehen Sie die Warnweste an. Auch Beifahrer/-innen müssen eine Warnweste tragen. Sichern Sie die Gefahrenstelle mit einem Warndreieck. Öffnen Sie am besten den Kofferraum, damit man Sie schneller sieht. Es ist Pflicht, immer ein Warndreieck, eine Warnweste und einen Erste-Hilfe-Kasten im Auto zu haben.

Bei einem Unfall mit Verletzten sollten Sie die Polizei und den Krankenwagen rufen, aber bei einer Panne hilft der Pannendienst. Sie können per Handy oder auf der Autobahn auch per Notrufsäule Hilfe rufen. Nennen Sie Ihren Namen, Marke, Modell, Farbe und Kfz-Kennzeichen des Fahrzeugs und das Problem. Sehr wichtig sind auch der genaue Standort und die Fahrtrichtung. Wenn Sie von der Notrufsäule anrufen, dann erkennt die Leitstelle automatisch Ihren Standort. Warten Sie immer an einem sicheren Ort. Sie dürfen nie auf dem Seitenstreifen warten, sondern Sie sollten immer hinter die Leitplanke gehen.

1. Was muss der/die Fahrer/-in bei einer Panne tun?
2. Wen rufen Sie bei einem Unfall / einer Panne an?
3. Wie können Sie Hilfe rufen?
4. Welche Informationen braucht der Pannendienst?

b Wie sagen Sie *aber* und *sondern* in Ihren Sprachen? Lesen Sie die Sätze. Vergleichen Sie im Kurs.

Sie dürfen nicht weiterfahren, sondern Sie müssen auf dem Seitenstreifen anhalten.

Bei einem Unfall sollten Sie die Polizei rufen, aber bei einer Panne hilft der Pannendienst.

Hauptsätze verbinden: *sondern*

Hauptsatz 1			Hauptsatz 2			
	Position 2		Position 0		Position 2	
Sie	dürfen	nicht weiterfahren,	sondern	Sie	müssen	auf dem Seitenstreifen anhalten.
Sie	sollten	nicht nervös werden,	sondern	(Sie)	(sollten)	ruhig bleiben.

c Was darf man bei einer Panne nicht tun? Was muss man tun? Lesen Sie noch einmal in a. Schreiben Sie Sätze mit *sondern*.

Man darf bei einer Panne nicht ..., sondern man ...

3 Ich stehe auf der A2 Richtung Dortmund.

Arbeiten Sie zu zweit. Wählen Sie eine Situation (A oder B) und eine Rolle (1 oder 2). Ihre Partnerin / Ihr Partner wählt die andere Rolle. Lesen Sie in der App. Spielen Sie einen Dialog.

A
Rolle 1: Sie haben einen Platten.
Rolle 2: Sie arbeiten beim Pannendienst.

B
Rolle 1: Ihre Autobatterie ist leer.
Rolle 2: Sie arbeiten beim Pannendienst.

Hallo, mein Name ist ... Ich stehe auf der A2 Richtung ...

der Platten

die Notrufsäule

der Kofferraum

die Gangschaltung

die Leitplanke

die Beifahrerin

C Wer übernimmt den Schaden?

1 Ich möchte einen Schaden melden.

a Was ist passiert? Lesen Sie den Chat. Was denken Sie: Wer bezahlt den Schaden? Warum weiß Pia Werner das noch nicht? Sprechen Sie im Kurs.

Fred 10:03 Hi, Pia, ich bin jetzt bei meiner Familie in Kroatien angekommen! Danke, dass du dich um die Wohnung kümmerst. LG!

Pia 12:21 Hallo, Fred, das mache ich gerne. Ich muss dir aber leider etwas sagen: Als ich staubsaugen wollte, bin ich gestolpert und habe die große Vase im Wohnzimmer kaputt gemacht • . Das ist mir sehr unangenehm und tut mir wirklich leid! Ich kaufe dir eine neue Vase – und vielleicht übernimmt ja meine Haftpflichtversicherung den Schaden. Ich habe schon angerufen, das war aber leider außerhalb der Geschäftszeiten. Ich versuche es morgen noch einmal, hoffentlich kann ich dir dann mehr sagen.

Fred 12:53 Ach, Pia, das ist doch nicht schlimm. Ich fand die Vase schon immer hässlich. Aber wenn deine Versicherung den Schaden übernimmt, kann ich mir endlich eine Vase aussuchen, die mir gefällt • !

außerhalb + Genitiv

außerhalb der Geschäftszeiten

1.16

b Was passt? Hören Sie. Kreuzen Sie an.

Die Forderung von Pia Werner ist berechtigt. ☐ ja ☐ vielleicht ☐ nein

1.16

c Was braucht die Versicherung, damit sie die Forderung prüfen kann? Hören Sie noch einmal und kreuzen Sie an.

a ☐ Pias Versicherungsnummer
b ☐ Angaben zu Ort und Zeit
c ☐ persönliche Daten von Fred
d ☐ Freds Versicherungsnummer
e ☐ Informationen zum Gegenstand
f ☐ das Geburtsdatum von Pia
g ☐ den Kaufbeleg der Vase

d Waren Sie schon in einer ähnlichen Situation? Wie haben Sie das Problem gelöst? Erzählen Sie.

e Was glauben Sie: Welche Versicherungen sind Pflicht, welche nicht? Sprechen Sie in Gruppen.

die Krankenversicherung • die Auto-Haftpflichtversicherung • die Fahrradversicherung • die Auslandskrankenversicherung • die private Haftpflichtversicherung

f Welche Versicherungen haben Sie? Wie kennen Sie es aus anderen Ländern? Gibt es dort andere Versicherungen? Sprechen Sie im Kurs.

Lernziele: über Versicherungen sprechen • Informationen und Angebote zu Versicherungen verstehen und vergleichen •

2 Diese Versicherungen sollten Sie haben.

a Was versichert eine Haftpflicht- und was eine Hausratversicherung? Lesen Sie. Kreuzen Sie an.

Die private Haftpflichtversicherung

Sie sind mit dem Fahrrad unterwegs, sehen einen Fußgänger nicht und verursachen einen Unfall. Die Person ist verletzt und muss ins Krankenhaus, das Fahrrad ist kaputt.

In diesen Fällen bezahlt die Haftpflichtversicherung für Schäden bei anderen Personen und an fremden Sachen. Die Kosten können schnell sehr hoch werden, wenn jemand teure Behandlungen braucht und länger nicht arbeiten kann. Deshalb sollte jeder eine private Haftpflichtversicherung haben.

Wir bieten auch Familientarife an. So sind die Partner und Kinder mitversichert, wenn sie aus Versehen Schäden verursachen. Für eine Haftpflichtversicherung zahlen Sie zwischen 50 und 100 Euro pro Jahr.

Die Hausratversicherung

Sie sind nicht zu Hause und Einbrecher stehlen Schmuck und Elektrogeräte. Außerdem sind Fenster und Möbel beschädigt.

Dann erkundigt sich Ihre Hausratversicherung, ob alle Fenster und Türen richtig geschlossen waren. Wenn ja, übernimmt sie die Kosten für die Schäden. Wenn nicht, lehnt sie die Forderungen ab.
Die Versicherung weist darauf hin, dass Sie korrekt Auskunft geben müssen. Mit einer Hausratversicherung sind Schäden an Ihren eigenen Gegenständen versichert, aber nur, wenn Sie nicht vergessen haben, die Türen abzuschließen.

Der Versicherungsschutz gilt bei Einbruch sowie bei Schäden durch Feuer oder Wasser. Sie kostet zwischen 50 und 150 Euro im Jahr.

	Haftpflicht	Hausrat
1. Schäden an eigenen Gegenständen	☐	☐
2. Schäden an fremden Gegenständen	☐	☐
3. medizinische Behandlungen von anderen Personen	☐	☐
4. Schäden bei Diebstahl oder Feuer in der eigenen Wohnung	☐	☐

b Möchten Sie eine Haftpflicht- oder Hausratversicherung abschließen? Warum (nicht)? Sprechen Sie in Gruppen.

3 Welche Hausratversicherung nehmen wir?

a Wählen Sie ein Angebot (A oder B) in der App. Ihre Partnerin / Ihr Partner wählt das andere Angebot. Lesen Sie. Ergänzen Sie Ihre Informationen.

Allgemein: Kosten pro Monat/Jahr: ________ Versicherungssumme: ________

Dauer des Vertrags: ________ Kündigung: ________

Versicherungsgegenstände:

☐ Einrichtung, Kleidung, Geräte ☐ Bargeld ☐ Schmuck

Extra: ☐ Fahrraddiebstahl ☐ Schäden durch Starkregen

b Vergleichen Sie die Angebote. Welches Angebot finden Sie besser? Warum? Sprechen Sie zu zweit.

Ich finde Angebot A besser, weil man den Vertrag nach einem Jahr kündigen kann.

c Was ist für Sie bei einer Hausratversicherung wichtig? Sprechen Sie im Kurs.

D Damit kann man eine Unfallstelle sichern.

1 Wörter umschreiben

a Was denken Sie: Wie heißt das Wort? Vermuten Sie.

Ich hatte gestern einen ... Also, ich war mit dem Auto unterwegs und plötzlich war der Reifen kaputt.

Ah, du meinst, du hattest einen Platten?

Richtig.

b Wie kann man die Wörter umschreiben? Sprechen Sie zu zweit. Benutzen Sie die Strategien.

Strategie 1: Beschreiben Sie: Wie sieht es aus?	**Strategie 2:** Beschreiben Sie: Wo findet man es?	**Strategie 3:** Beschreiben Sie: Was macht man damit?

1. die Schere
2. die Warnweste
3. der Verbandkasten
4. die Gangschaltung

c Kursspaziergang. Wählen Sie ein Wort aus den Bildleisten. Umschreiben Sie das Wort. Die anderen raten.

2 Der Motor war nicht kaputt, sondern die Batterie war leer.

a Wie kann man die Hauptsätze verbinden? Ordnen Sie zu.

aber • denn • und • sondern • oder

! aduso

1. Sie dürfen nicht auf der Fahrbahn bleiben, ______ Sie müssen zur Seite fahren.
2. Sie können mit dem Handy den ADAC anrufen ______ Sie gehen zur Notrufsäule.
3. Ziehen Sie eine Warnweste an ______ sichern Sie die Unfallstelle.
4. Bei einer Panne kommt der Pannendienst, ______ bei einem Unfall kommt die Polizei.
5. Bleiben Sie bei einer Panne ruhig, ______ der Pannendienst hilft Ihnen.

b Schreiben Sie Sätze mit *sondern* wie im Beispiel.

1. ✗ einen Unfall haben ✓ eine Panne haben
2. ✗ die Polizei informieren ✓ den Pannendienst anrufen
3. ✗ mit dem Handy anrufen ✓ zur Notrufsäule gehen
4. ✗ die Hausratversicherung anrufen ✓ der Haftpflichtversicherung schreiben
5. ✗ Kopfschmerzen haben ✓ Halsschmerzen haben
6. ✗ einen Krankenwagen rufen ✓ in die Notaufnahme fahren

1. Ich hatte keinen Unfall, sondern ich hatte eine Panne.
2. Ich habe nicht ...

Lernziele: Strategie: Wörter umschreiben • Hauptsätze verbinden: *und, aber, denn, oder, sondern* • über Arbeitsunfälle sprechen •

3 Ich bin auf dem Weg zur Kantine hingefallen.

a Was denken Sie: Was ist ein Arbeitsunfall? Sprechen Sie in Gruppen. Kreuzen Sie an.

1. ☐ Vor der Arbeit bringen Sie Ihr Kind in die Kita und verletzen sich.
2. ☐ In der Kantine verschütten Sie heiße Suppe und verbrennen sich.
3. ☐ Sie rutschen im WC-Raum aus und brechen sich den Fuß.
4. ☐ Sie machen eine Raucherpause. Auf dem Weg zurück verletzen Sie sich.
5. ☐ Sie holen sich Ihr Mittagessen beim Bäcker. Auf dem Weg haben Sie einen Fahrradunfall.

b Lesen Sie und kontrollieren Sie Ihre Antworten in a. Was hat Sie überrascht? Sprechen Sie im Kurs.

Falsch, das ist kein Arbeitsunfall!

Manchmal passieren Dinge im Arbeitsalltag, die auf den ersten Blick wie Arbeitsunfälle aussehen, aber in Wirklichkeit keine sind. Hier ein paar Beispiele:

Das Mittagessen: Wenn Sie sich beim Essen verletzen, dann ist das kein Arbeitsunfall. Aber wenn auf dem Weg zur Kantine etwas passiert, dann ist das ein Wege- und Arbeitsunfall. Auch wenn Sie in der Pause den Arbeitsplatz verlassen, weil Sie sich etwas zum Mittagessen kaufen möchten, gilt der Versicherungsschutz.

Die Toilette: Wir alle müssen mehrere Male am Tag zur Toilette gehen. Auf dem Weg dorthin gilt der Versicherungsschutz, in den WC-Räumen aber nicht.

Die Zigarettenpause: Rauchen gehört zur persönlichen Freizeit. Wenn beim Rauchen oder auf dem Weg in die Rauchpause etwas passiert, erkennt die Versicherung das nicht als Arbeitsunfall an.

Außerhalb vom Büro: Auf dem Weg zur Arbeit und nach Hause sind Sie versichert. Das gilt auch, wenn Sie unterwegs Ihre Kinder zur Kita oder in die Schule bringen. Andere Umwege wie der Weg zur Apotheke oder zur Post sind allerdings nicht versichert.

4 So ist der Arbeitsunfall passiert.

1..17 **a Was ist passiert? Hören Sie und machen Sie Notizen.**

1. Wer?
2. Wann?
3. Wo?
4. Was ist passiert?
5. Erste Hilfe?
6. Ärztin/Arzt?

b Arbeiten Sie zu zweit. Wählen Sie einen Text (A oder B). Ihre Partnerin / Ihr Partner wählt den anderen Text. Welche Informationen sind neu? Lesen Sie. Markieren Sie in a.

A
17. Oktober 2025, 10:50 Uhr
Ich habe mit meinem Kollegen Pedro Garcia aufgeräumt. Ein Regal ist auf meinen Fuß gefallen. Ich bin mit Pedro zum Arzt gefahren.

B
Ich, Alika Prifti, war heute mit meinem Kollegen im Lager. Wir haben ein Regal getragen. Es ist auf meinen Fuß gefallen. Pedro hat sofort Eis für meinen Fuß geholt.

c Schreiben Sie Ihren Text in b neu. Ergänzen Sie die neuen Informationen aus a.

d Tauschen Sie Ihre Texte mit Ihrer Partnerin / Ihrem Partner. Vergleichen Sie.

5 Alles klar? Wollen Sie mehr üben?

a Was hat Ihnen gefallen? Was war schwer? Was war leicht? Sprechen Sie im Kurs.

b Wiederholen Sie und üben Sie in der App. Wählen Sie A (leichte Übungen) oder B (schwere Übungen).

TREFFPUNKT

Was unser Essen erzählt

Essen schmeckt oder schmeckt nicht, es ist gesund oder macht dick, aber was hat das mit dem Klima zu tun?

Ein einfaches Essen: Currywurst mit Pommes und ein Apfel zum Nachtisch. Macht satt und ist lecker, oder? Aber wie findet unsere Umwelt das? Das sagt uns der CO_2-Wert. Schweinefleisch und besonders Rindfleisch haben einen sehr hohen CO_2-Wert, denn die Tiere brauchen sehr viel Wasser, Land und Futter. Dieses Futter wiederum braucht auch viel Wasser und Land. So kommt es, dass Fleisch einen viel höheren CO_2-Wert hat als Nahrung aus Pflanzen. Und die Pommes? Die macht man doch aus Kartoffeln, also aus Pflanzen? Ja, das schon, aber leider braucht man für die Herstellung von Pommes auch sehr viel Energie: Man muss sie nämlich zuerst schneiden, trocknen, frittieren, tiefkühlen und dann noch verpacken.

Der CO_2-Wert von einem Kilo Pommes ist deshalb 15-mal so hoch wie der Wert von einem Kilo Kartoffeln! Aber mit einem Apfel kann man doch nichts falsch machen? Nun ja, das stimmt – aber nur, wenn der Apfel aus Deutschland kommt. Kommt der Apfel zum Beispiel aus Neuseeland, ist er 18.000 km mit dem Flugzeug bis nach Deutschland gereist und sein CO_2-Wert ist doppelt so hoch wie bei einem Apfel aus Deutschland. Also – was können Sie tun, wenn Sie dem Klima helfen wollen? Sie könnten statt Schweinefleisch Hähnchen essen, denn das verbraucht viel weniger Energie. Am besten ist es aber, wenn Sie nur selten oder nie Fleisch essen, dafür viel Gemüse – am besten Gemüse, das aus Europa kommt. Essen Sie Kartoffeln statt Pommes. Und zum Schluss: Kaufen Sie Obst aus der Region. Dann freut sich das Klima und gesünder ist es auch!

Rezept des Monats: Chili sin Carne mit Tofu

1 Zwiebel, Knoblauch, 1 Paprika, 250g Tofu, Tomaten, 300g Kidneybohnen, 300g Mais, 500ml Gemüsebrühe, Olivenöl, Koriander, Chili, Salz

Zwiebel, Knoblauch, Paprika, Tomaten und Tofu klein schneiden. In einem großen Topf mit Öl die Zwiebel und den Tofu anbraten. Dann Tomaten, Paprika und Gemüsebrühe dazugeben und 15 Minuten kochen lassen.
Die Bohnen und den Mais dazugeben und noch einmal 10 Minuten kochen lassen, öfter umrühren. Zum Schluss mit Salz, Chili und Koriander würzen. Guten Appetit!

1 Was unser Essen erzählt

Warum ist die Mahlzeit schlecht für die Umwelt? Lesen Sie und machen Sie Notizen.

Wurst: hoher CO_2-Wert, weil ...

2 Rezept des Monats

a **Würden Sie dieses Gericht gern essen? Lesen Sie und sprechen Sie in Gruppen.**

b Projekt. **Welches (klimafreundliche) Rezept können Sie empfehlen? Recherchieren Sie und präsentieren Sie Ihr Rezept im Kurs. Zeigen Sie auch Bilder. Die anderen kommentieren.**

Sind Sie die Praktikantin?

3,5 Millionen Mal im Jahr helfen die Pannenhelfer/-innen der Autoclubs. Eine von ihnen ist Claudia Wilke. Sie arbeitet seit sechs Jahren als Pannenhelferin. Wir haben mit ihr gesprochen.

Frau Wilke, wie sind Sie zum Pannendienst gekommen?
Ich wollte nach der Schule KFZ-Mechanikerin werden, habe aber keine Lehrstelle bekommen. Dann habe ich erst mal meinen Taxi-Schein gemacht und bin Taxi gefahren – das war eine gute Vorbereitung auf meinen Beruf. Ein Jahr später hat es dann doch mit der Ausbildung geklappt. Ich habe dann aber gemerkt, dass ich nicht immer in einer Werkstatt arbeiten möchte. Auf der Straße ist es spannender. Und so habe ich mich entschieden, als Pannenhelferin anzufangen.

Welche Panne erleben Sie am häufigsten?
Tja, auf Platz 1 ist – wie schon seit Jahren – eine leere Batterie, auf Platz 2 ein kaputter Motor und auf Platz 3 eine Reifenpanne oder auch Probleme mit der Elektrik. Es kommt aber auch oft vor, dass Menschen falsch oder nicht getankt haben. Und was glauben Sie: Passiert das eher Männern oder Frauen?

Hm, wenn Sie so fragen – Männern?
Genau! Aber Männer glauben trotzdem, dass sie mehr von Autos verstehen.

Erleben Sie das bei Ihrer Arbeit auch?
Natürlich, oft! Ich bin eine von sehr wenigen Frauen, die als Pannenhelferin arbeiten. Da höre ich schon manchmal Fragen wie: „Sind Sie die Praktikantin?" Ich nehme das dann mit Humor und antworte: „Ja, das ist heute mein erster Tag. Welches von den fünf Rädern ist denn kaputt?" Und dann zeige ich ihnen, dass ich mein Handwerk verstehe. Das tut natürlich gut.

Kuriose Versicherungen

Auf dieser Welt gibt es alles – sogar Versicherungen, die man nicht braucht …

Fahrstuhlversicherung:
Für 12 Euro im Jahr können Sie sich gegen das Steckenbleiben im Fahrstuhl versichern. Wenn das passiert, zahlt Ihnen die Versicherung 75 Euro. Aber wie oft passiert das schon?

Hochzeitsversicherung:
Sie wollen heiraten, aber Ihr/e Partner/-in kommt nicht zur Hochzeit? Dagegen können Sie sich für 14 Euro im Jahr versichern. Sie bekommen dann 100 Euro. Vielleicht ist es billiger, gar nicht zu heiraten?

Zwillingsversicherung:
Eine Geburt ist etwas Schönes, aber ein Kind ist genug. Das scheinen manche Eltern zu denken, denn es gibt eine Versicherung gegen Zwillingsgeburten. Hoffentlich erfahren die Kinder nichts davon!

3 Sind Sie die Praktikantin?

1.18
a **Als was arbeitet Frau Wilke? Was ist das Besondere? Hören Sie und lesen Sie. Sprechen Sie zu zweit.**

b **Was erlebt Frau Wilke oft? Sprechen Sie im Kurs.**

4 Kuriose Versicherungen

Warum braucht man diese Versicherungen eigentlich nicht? Lesen Sie und sprechen Sie im Kurs.

7 Konsum

1

2

3

4

5

6

A Möbel kaufe ich online.

1 Die schwersten Sachen lasse ich liefern.

a Was kaufen die Personen? Wo oder wie machen sie das? Sehen Sie sich die Fotos an und sprechen Sie im Kurs.

Der Mann auf Foto 3 ist auf einem Flohmarkt. Vielleicht sucht er etwas Besonderes.

b Welches Foto passt zu welchem Text? Lesen Sie und ordnen Sie zu.

www.konsum-heute.beispiel.de

Umfrage zum Shopping: Wie kaufen Sie ein?

Shoppen Sie am liebsten online oder lieber im Laden um die Ecke oder auf dem Markt? Wir haben Sie gefragt: Wie und wo kaufen Sie ein? Und warum?

☐ **Hanno Reißer:** Ich sitze im Rollstuhl, deshalb ist ein Lieferservice für mich die bequemste Möglichkeit zum Einkaufen. So kann ich die schwersten Sachen liefern lassen, zum Beispiel Lebensmittel und Getränke. Im Vergleich zum Discounter sind die Preise etwas teurer, aber so ist es viel praktischer für mich. Auch Kleidung kaufe ich online, weil ich zu Hause alles in Ruhe anprobieren kann. Aber wenn ich ein Geschenk für eine Freundin oder einen Freund kaufen möchte, dann ist die Einkaufsstraße in der Altstadt der beste Ort. In den Läden kann ich mir die Produkte ansehen oder beraten lassen. So findet man immer die schönsten Geschenke!
Vor ein paar Wochen war ich in Padua in Italien und dort gab es den „mercato“. Auf diesem Straßenmarkt kann man alles kaufen: Kleidung, Fisch, Obst und man kann die bekanntesten Spezialitäten aus der Region essen. Ich fand es toll, dass es so viele Dinge an einem Ort gab.

Lernziele: über Einkaufsmöglichkeiten sprechen • über Vor- und Nachteile von Einkaufsmöglichkeiten sprechen •

☐ **Rania Nader:** Ich liebe es, dass es so viele Apps zum Einkaufen gibt. Seit einigen Monaten benutze ich die App *Too Good To Go*. Damit findet man Läden und Bäckereien, die Lebensmittel verkaufen, die nicht mehr lange haltbar sind. Das finde ich super, denn meisten Lebensmittel kann man auch nach dem Mindesthaltbarkeitsdatum noch essen. Für mich ist das die einfachste Art, nachhaltig zu konsumieren. Und: Man bekommt die Lebensmittel mit der App günstiger.
Ich komme aus Tunesien, dort war es für mich normal, zum Schneider zu gehen und meine Kleidung reparieren zu lassen. In Deutschland mache ich das seltener, weil die Änderungsschneidereien hier teurer sind. Das finde ich schade, denn die meisten Klamotten kann man gut reparieren und muss sie nicht sofort wegwerfen.
Meine Möbel habe ich online mit einer Raumplaner-App gekauft. Mit der App kann man die Wohnung virtuell einrichten und schauen, ob ein Möbelstück in die Wohnung passt oder nicht. Im Gegensatz zum Besuch im Möbelhaus ist die App viel praktischer und man spart viel Zeit.

c Was kaufen Hanno Reißer und Rania Nader wo ein? Warum? Und: Was gefällt den beiden in einem anderen Land gut? Lesen Sie noch einmal in b. Machen Sie Notizen und sprechen Sie im Kurs.

Hanno Reißer
Was? schwere Sachen (z.B. Lebensmittel/Getränke)
Wo? im Internet
Warum? praktisch und bequem ...

d Welche Endung ist richtig? Lesen Sie noch einmal in b. Ergänzen Sie.

Adjektive im Superlativ vor dem Nomen

Das ist die bequem_____ Möglichkeit zum Einkaufen.

Die schwer_____ Sachen lasse ich liefern.

Wissen Sie es noch?

Die Getränke sind am schwersten.

e Wie sind die Dinge? Sprechen Sie zu zweit wie im Beispiel.

bequem • frisch • gesund • teuer • gut • günstig • lecker • neu • leicht • schön • toll • weich • ...

die Kopfhörer *(Pl.)* • der Vorhang • die Jogginghose • das Gemüse • der Schreibtisch • das Handtuch • die Sandalen *(Pl.)* • das Obst • die Rezepte *(Pl.)*

Das sind die neusten ...
Kopfhörer. Das ist das weichste ...

2 Lebensmittel kaufe ich nur im Supermarkt.

a Wählen Sie eine Aufgabe (A oder B). Schreiben Sie einen Text wie in 1b. Die App hilft.

A Wie und wo kaufen Sie Lebensmittel und Kleidung? Warum?

B Wie und wo kaufen Sie Elektronik und Möbel? Warum?

Ich kaufe fast alle Lebensmittel im Discounter. Das ist praktisch, weil man dort alles an einem Ort kaufen kann. Gemüse kaufe ich aber lieber ... Im Vergleich zum Supermarkt ist das Gemüse dort ...

b Arbeiten Sie in Gruppen. Tauschen Sie Ihre Texte. Was ist gleich, was anders? Vergleichen Sie.

c Kaufen Sie hier anders ein als in anderen Ländern? Erzählen Sie im Kurs.

B Ich möchte Widerspruch einlegen.

1 Ein Paket für Herrn Raslan!

a **Was glauben Sie: Was ist passiert? Warum ärgert sich Tarek Raslan? Sprechen Sie im Kurs.**

09 **b** **Waren Ihre Vermutungen richtig? Sehen Sie das Video. Vergleichen Sie.**

09 **c** **Was ist richtig? Sehen Sie das Video noch einmal und kreuzen Sie an.**

1. Tarek Raslan hat ☐ auf eine E-Mail geantwortet. ☐ einen Link angeklickt.
2. Er wollte ☐ sich über ein Angebot informieren. ☐ eine Zeitschrift abonnieren.
3. Er hat dann ☐ seine Personendaten eingegeben. ☐ einen Vertrag unterschrieben.
4. Ana da Silva meint, dass ☐ das Betrug ist. ☐ Tarek Raslan die Rechnung bezahlen muss.
5. Sie rät ihm, ☐ mit einem Anwalt zu sprechen. ☐ die Webseite der Verbraucherzentrale zu besuchen.
6. Dort kann er ☐ Musterbriefe finden. ☐ Anzeige erstatten.
7. Damit kann er ☐ Widerspruch einlegen. ☐ die Zeitschriften zurückschicken.

d **Was glauben Sie: Warum sagt Ana da Silva: „Es gibt keinen Herrn Raslan“? Sprechen Sie im Kurs.**

2 Der Verbraucherschutz ist für Sie da.

a **Welche Überschrift passt wo? Lesen Sie und ordnen Sie zu.**

Wichtige Themen für Sie   Wie helfen wir?   Was macht die Verbraucherzentrale?

www.verbraucherzentrale.beispiel.de

Startseite | Verbraucherzentrale

Sie haben ein neues Smartphone gekauft, aber es funktioniert nicht richtig und Sie brauchen deshalb Hilfe? Sie möchten Strom sparen und brauchen Tipps? Oder Sie möchten wissen, bei welcher Bank Sie am besten ein Konto eröffnen können? Wir können Ihnen helfen!

- Wir beraten und informieren Sie zu vielen Verbraucherthemen.
- Wir beraten Sie, wenn Sie einen Vertrag abschließen oder kündigen möchten.
- Wir helfen, wenn Sie schwierige Briefe schreiben müssen. Wir bieten Musterbriefe auf unserer Internetseite oder persönliche Beratungen in allen Bundesländern an.
- Wir machen uns für Ihre Rechte stark!

Unsere Informationen sind kostenlos. Die persönliche Beratung kostet etwas. Wenn Sie wenig Geld haben, bezahlen Sie wenig oder nichts.

- Verträge
- Geld und Versicherungen
- Digitales
- Lebensmittel
- Energie und Spartipps
- Umwelt
- Gesundheit und Pflege

- Persönlich
- Per Telefon
- Per E-Mail oder Brief
- Mit Informationen und Musterbriefen auf unserer Internetseite

Lernziele: Angebote der Verbraucherzentrale verstehen • Widerspruch einlegen • einen Brief anhand eines Musterbriefes schreiben

b Richtig oder falsch? Lesen Sie noch einmal und kreuzen Sie an.

Die Verbraucherzentrale ...

	richtig	falsch
1. kann über Angebote von Banken informieren.	☐	☐
2. kann Verträge für Sie abschließen und kündigen.	☐	☐
3. bietet Beispielbriefe im Internet an.	☐	☐
4. bietet in ganz Deutschland persönliche Beratung an.	☐	☐
5. kann helfen, wenn man Energie sparen möchte.	☐	☐
6. berät Sie immer kostenlos.	☐	☐

c Kannten Sie das Angebot der Verbraucherzentrale schon? Wie finden Sie es? Kennen Sie ähnliche Angebote aus anderen Ländern? Sprechen Sie im Kurs.

3 Ich widerspreche.

a Was schreibt Tarek Raslan? Lesen Sie und ordnen Sie zu.

Abonnement • Rechnungsnummer • unberechtigt • Rechnung • Widerspruch

Tarek Raslan
Königstraße 33
12105 Berlin

Dental Aktuell Magazin
Bergstr. 102
97070 Würzburg

Berlin, 10.3.2025

__________ **gegen die Rechnung vom 6.3.2025**

__________ **: 206-24-3-107**

Sehr geehrte Damen und Herren,

ich widerspreche der __________ vom 6.3.2025 und werde sie nicht bezahlen.

Die Rechnung ist meiner Meinung nach __________, denn ich habe auf Ihrer

Webseite nur meine Daten angegeben, aber kein __________ abgeschlossen.

Ich bitte Sie, die Rechnung zu prüfen, und erwarte Ihre Antwort bis zum 24.3.2025.

Mit freundlichen Grüßen
Tarek Raslan

b Wählen Sie eine Situation (A oder B). Lesen Sie die Informationen in der App. Legen Sie Widerspruch ein. Der Musterbrief in a hilft.

A Sie haben **online ein Regal gekauft** und eine Rechnung bekommen. Der Betrag auf der Rechnung ist falsch.

B Sie haben **Ihren Vertrag im Fitnessstudio gekündigt**, trotzdem haben Sie eine Rechnung bekommen.

c Arbeiten Sie zu zweit. Tauschen Sie die Briefe. Sind alle wichtigen Informationen im Brief? Sprechen Sie.

C Was essen wir in der Zukunft?

1 Ich esse manchmal Fleisch.

a Essen Sie Fleisch? Warum (nicht)? Was ist Ihnen wichtig? Sprechen Sie in Gruppen. Die Bildleiste hilft.

- Ich esse nur Fleisch aus guter Tierhaltung. Deshalb kaufe ich Bio-Fleisch in der Metzgerei.
- Ich esse gern Fleisch, besonders Rindfleisch. Ich mag den Geschmack.

b Welcher Meinung stimmen Sie zu? Warum? Sprechen Sie in Gruppen.

Der Körper braucht Fleisch.

Fleisch essen schadet der Umwelt.

Menschen waren schon immer Fleischesser.

Zu viel Fleisch macht krank.

Vegetarische und vegane Gerichte schmecken nicht.

Soja ist ein guter Fleischersatz.

- *Soja ist ein guter Fleischersatz*. Ich finde, das stimmt. Ich kaufe oft Soja-Steak, das schmeckt fast wie Fleisch.

2 Dürfen wir noch Fleisch essen?

1.19

a Wie ist es richtig? Hören Sie den Vortrag. Ordnen Sie die Folien (1–5).

☐ Meine Erfahrung	☐ Dürfen wir noch Fleisch essen?	☐ Meine Meinung	☐ Abschluss und Dank	☐ Pro und Kontra

1.19

b Was sagt Tamara Henschel? Hören Sie noch einmal und kreuzen Sie an.

1. ☐ Der Fleischkonsum steigt jedes Jahr und das hat negative Folgen für die Umwelt.
2. ☐ Tamara isst kein Fleisch mehr, weil sie ein Buch über die Fleischproduktion gelesen hat.
3. ☐ Einige Wissenschaftler/-innen sagen, dass Fleisch wichtig für unsere Gesundheit ist.
4. ☐ Die meisten Tiere leben unter schlechten Bedingungen.
5. ☐ Die Fleischproduktion benötigt extrem viel Wasser.
6. ☐ Tamara findet, dass alle Menschen nur noch Fleischersatz essen sollten.

c Was denken Sie: Welcher Satz passt zu den Folien 2, 3 und 4 in a? Ordnen Sie zu.

☐ Dagegen spricht, dass der Fleischkonsum den Tieren und der Umwelt schadet.

☐ Seit zwei Jahren bin ich Vegetarierin, obwohl ich gern Fleisch esse.

☐ Ich persönlich finde es nicht schwer, weniger Fleisch zu essen, weil es Fleischersatz gibt.

die Tierhaltung

die Kuh

das Schwein

das Huhn

die Wiese

Lernziele: über Fleischkonsum und Fleischersatz sprechen • einen Vortrag über Fleischkonsum verstehen • einen Vortrag halten •

d **Lesen Sie noch einmal in c. Ergänzen Sie.**

Nebensätze mit *obwohl*

				Satzende
Wir essen immer mehr Fleisch,	obwohl	es	der Umwelt	schadet.
Seit zwei Jahren bin ich Vegetarierin,	obwohl	___	___	___.

e **Wählen Sie vier Sätze. Ergänzen Sie.**

1. … , obwohl es der Umwelt schadet.
2. … , obwohl es (un-)gesund ist.
3. … , obwohl ich (nicht) gern koche.
4. Ich esse (kein) Fleisch, obwohl …
5. Ich kaufe oft/nie Tofu, obwohl …
6. Ich esse (keine) Fertiggerichte, obwohl …

5. Ich kaufe oft Tofu, obwohl er teuer ist.

3 Ich begrüße Sie zu meinem Vortrag.

a **Wählen Sie ein Thema für eine Präsentation (A oder B). Was wollen Sie sagen? Machen Sie Notizen zu den Punkten (1–5). Die App hilft.**

A Man sollte mindestens dreimal in der Woche vegetarisch essen.

B Man sollte Fertiggerichte verbieten.

1. Thema 2. Meine Erfahrungen 3. Pro und Kontra 4. Meine Meinung 5. Abschluss/Dank

b **Arbeiten Sie zu dritt. Halten Sie Ihren Vortrag. Die Redemittel helfen. Ihre Partner/-innen stellen Fragen.**

einen Vortrag halten

Liebe Zuhörerinnen und Zuhörer,
ich begrüße Sie zu meinem Vortrag.
Ich spreche heute über das Thema …
Zuerst spreche ich über …
Dann/Danach komme ich zu …
Zum Schluss …
Ich selbst …

Es gibt Argumente dafür: … / Dafür spricht, dass …
Es gibt aber auch Argumente dagegen: … /
Dagegen spricht, dass …
Meiner Meinung nach … / Ich persönlich finde …
Damit beende ich meinen Vortrag.
Ich bedanke mich für Ihre Aufmerksamkeit.
Haben Sie noch Fragen?

c **Wie haben Sie sich beim Vortrag gefühlt? Was war gut? Was möchten Sie nächstes Mal anders machen? Sprechen Sie in der Gruppe.**

- Ich war ein bisschen nervös, deshalb habe ich sehr schnell gesprochen. Beim nächsten Mal möchte ich langsamer sprechen.
- Ich finde, du hast das sehr gut gemacht. Ich habe alles gut verstanden.

die Metzgerei

das Hackfleisch

der Fleischersatz

die Soja-Produkte

(der) Tofu

D Dafür spricht, dass es oft günstiger ist.

1 Das Sprechen vorbereiten

a **Online oder im Geschäft? Wie kaufen Sie lieber ein? Was spricht dafür/dagegen? Arbeiten Sie zu zweit. Machen Sie Notizen.**

pro	*kontra*
– Produkte sind online oft günstiger. *– …*	*– …* *– …*

b **Wie möchten Sie es sagen? Sprechen Sie ganze Sätze. Nehmen Sie Ihre Sätze mit dem Smartphone auf.**

Es gibt Argumente dafür: …
Dafür spricht, dass …
Das Hauptargument dafür ist, dass …

Es gibt aber auch Argumente dagegen: …
Dagegen spricht, dass …
Ein wichtiges Argument dagegen ist, dass …

c **Hören Sie Ihre Sätze. Haben Sie deutlich und flüssig gesprochen? Kontrollieren Sie.**

2 Was ist das beste Restaurant der Stadt?

Arbeiten Sie zu dritt. Sprechen Sie wie im Beispiel.

das Restaurant ***gut***	**der Supermarkt** ***günstig***	**das Kino** ***klein***	**das Museum** ***interessant***
die Straße ***lang***	**der/die Friseur/-in** ***gut***	**die Sehenswürdigkeit** ***bekannt***	**das Gebäude** ***hässlich***
das Café ***gemütlich***	**das Einkaufszentrum** ***groß***	**das Hotel** ***teuer***	**der Turm** ***hoch***
der Park ***schön***	**das Gebäude** ***alt***	**der Lieferdienst** ***schnell***	**das Möbelhaus** ***groß***

- Was ist das kleinste Kino der Stadt?
- Das weiß ich nicht.
- Ich glaube, das Kino *FilmSchnitt* ist am kleinsten.

Lernziele: Strategie: das Sprechen vorbereiten (Argumente sammeln und strukturieren) • Adjektive im Superlativ vor Nomen •

3 Das ist im Supermarkt günstiger.

a Wo wollen Sie die Dinge kaufen? Warum? Arbeiten Sie zu zweit. Wählen Sie eine Einkaufsmöglichkeit (A oder B) in der App. Ihre Partnerin / Ihr Partner wählt die andere. Vergleichen Sie und einigen Sie sich.

- *Apfelkuchen*
- *2 Steaks*
- *500 g Hackfleisch*
- *Obst und Gemüse*
- *Pflaster*
- *Mittel gegen Halsschmerzen*
- *Geschenk für Kristina (Kopfhörer)*
- *zwei Stühle für die Küche*

b Worauf haben Sie sich geeinigt? Warum? Vergleichen Sie mit einem anderen Paar.

4 ..., obwohl sie das noch nie gemacht hat.

a *Weil* oder *obwohl*? Schreiben Sie zu jedem Foto einen Satz mit *obwohl* und einen Satz mit *weil*. Lassen Sie eine Lücke für *weil* und *obwohl*.

1 Sophia – das Abendessen online bestellen

2 Mera – das Fahrrad reparieren

3 Hamid – ein vegetarisches Gericht kochen

4 Frank – ein neues Smartphone kaufen

1. Sophia hat das Abendessen online bestellt,

_______ *ihr Kühlschrank voll mit Lebensmitteln ist.*

_______ *sie heute Besuch bekommt und nicht gut kochen kann.*

b Arbeiten Sie zu zweit. Tauschen Sie Ihre Sätze. Ergänzen Sie. Ihre Partnerin / Ihr Partner kontrolliert.

5 Alles klar? Wollen Sie mehr üben?

a Was hat Ihnen gefallen? Was war schwer? Was war leicht? Sprechen Sie im Kurs.

b Wiederholen Sie und üben Sie in der App. Wählen Sie A (leichte Übungen) oder B (schwere Übungen).

8 Gesundheit

A Sie werden gleich untersucht.

1 Ich kann nicht gut atmen.

a Was sehen Sie auf den Fotos? Sprechen Sie im Kurs. Die Bildleiste hilft.

Ich denke, der Mann auf Foto 3 hat Magenschmerzen. Vielleicht ist ihm übel.

1.20 **b Welches Foto passt? Hören Sie. Kreuzen Sie oben an.**

1.20 **c Was ist richtig? Hören Sie noch einmal. Kreuzen Sie an.**

	richtig	falsch
1. Herr Winter wird beim Hausarzt untersucht.	☐	☐

2. Welche Beschwerden hat Herr Winter?

- a ☐ Er kann nicht gut atmen.
- b ☐ Er hat Schmerzen in der Brust.
- c ☐ Er fühlt sich seit gestern schwach.
- d ☐ Ihm ist oft schwindelig.

2 Wir müssen das genauer untersuchen.

1.21 **a Was passiert im Krankenhaus? Hören Sie weiter. Kreuzen Sie an.**

	richtig	falsch
1. Zuerst wird der Blutdruck gemessen.	☐	☐
2. Das Blut wird im Labor untersucht.	☐	☐
3. Am nächsten Tag wird ein Ultraschall gemacht.	☐	☐
4. Herr Winter wird ins Wartezimmer gebracht.	☐	☐
5. Er wird heute noch entlassen.	☐	☐

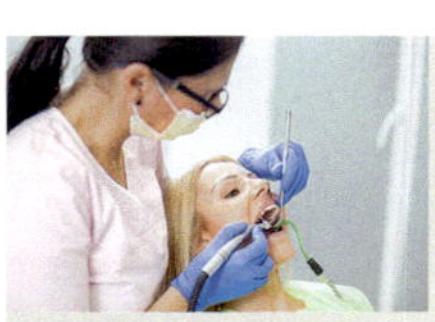
behandeln

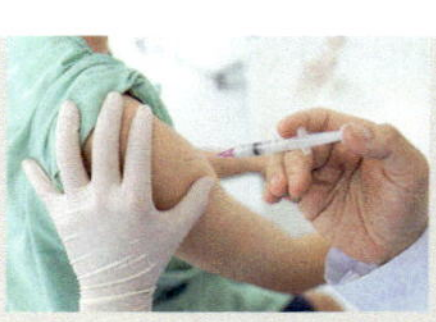
impfen

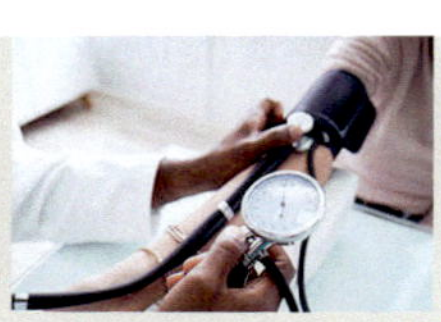
(den) Blutdruck messen

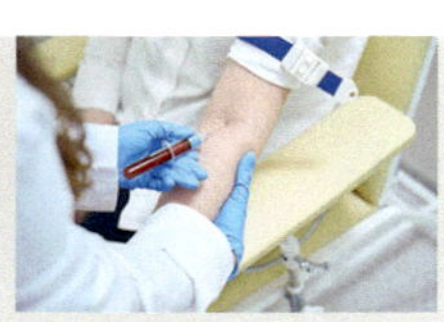
(das) Blut abnehmen

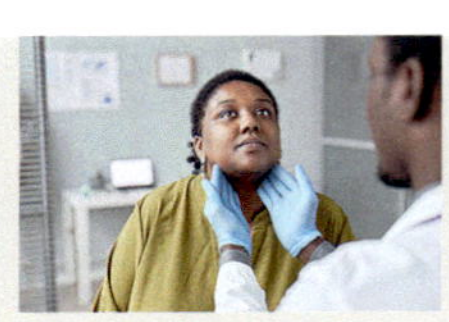
untersuchen

schwindelig

Lernziele: Beschwerden beschreiben • ein Arztgespräch über Behandlungsabläufe verstehen • um Erklärung bitten •

b Was wird gemacht? Lesen Sie und ergänzen Sie. Die Sätze in a helfen.

Passiv Präsens (*werden* + Partizip II)

Aktiv: Wer macht was?	*Passiv: Was wird gemacht?*	Position 2		Satzende
Eine Pflegerin misst den Blutdruck.	Der Blutdruck	wird		gemessen.
Ein Arzt untersucht das Blut im Labor.	Das Blut	______	im Labor	______.
Eine Ärztin macht einen Ultraschall.	Ein Ultraschall	______		______.

c Was ist anders? Vergleichen Sie die Sätze. Sprechen Sie im Kurs.

1. Eine Pflegerin misst den Blutdruck.
   Der Blutdruck wird gemessen.
2. Die Ärztin untersucht mich.
   Ich werde (von der Ärztin) untersucht.

d Was wird gemacht? Sprechen Sie zu zweit wie im Beispiel.

das Bein röntgen • das Herz untersuchen • (die) Medikamente verschreiben • die Patientin krankschreiben • den Verband wechseln • die Lungenentzündung behandeln • das Baby impfen • (das) Fieber messen

- Das Bein wird geröntgt.
- Das Herz ...

3 Was bedeutet das genau für mich?

1.21 **a Versteht Herr Winter alles? Warum (nicht)? Was macht er? Hören Sie noch einmal. Sprechen Sie im Kurs.**

b Was heißt das? Fragen Sie nach und antworten Sie. Tauschen Sie dann die Rollen.

Sie brauchen eine OP.
Wir können Sie noch nicht entlassen.
Sie dürfen sich nicht anstrengen.
Kommen Sie regelmäßig zur Kontrolle.
Sie müssen ein Antibiotikum nehmen.

um Erklärung bitten
Was bedeutet das (für mich)?
Was heißt das genau?
Ich muss/soll/ ... Habe ich das richtig verstanden?
Noch einmal zum Verständnis: Ich ...

- Sie brauchen eine OP.
- Ich werde operiert? Habe ich das richtig verstanden?
- Ja, das ist richtig.

4 Wann werde ich entlassen?

Arbeiten Sie zu zweit. Wählen Sie eine Rolle (A oder B). Ihre Partnerin / Ihr Partner wählt die andere Rolle. Lesen Sie in der App. Spielen Sie einen Dialog.

A Sie sind **Ärztin/Arzt** und sprechen mit einer Patientin / einem Patienten. Sie/Er hat Fragen zur Behandlung. Antworten und erklären Sie.

B Sie sind **Patientin/Patient** und zur Behandlung in der Klinik. Sie sprechen mit der Ärztin / dem Arzt und haben noch Fragen.

- Guten Tag, ..., wie geht es Ihnen?
- Nicht so gut, ich habe Schmerzen in ...

schwach

schlecht/übel

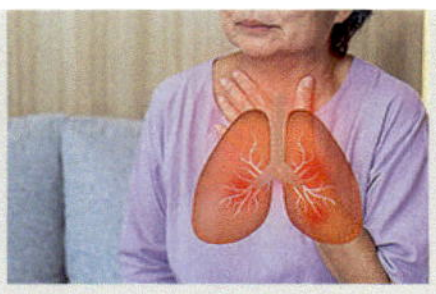
die Lunge

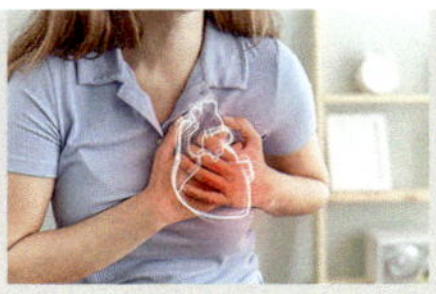
das Herz

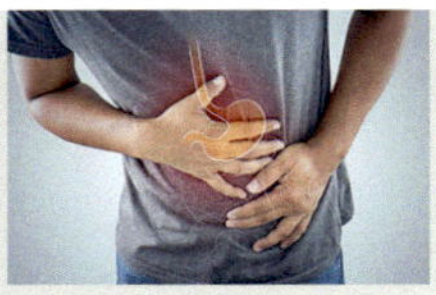
der Magen

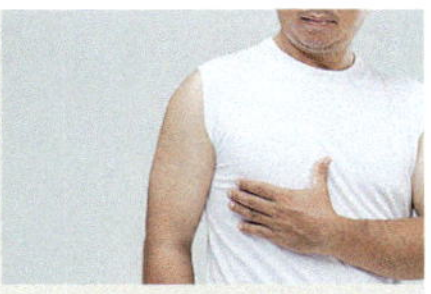
die Brust

B Wie nimmt man das Medikament ein?

1 Das nimmt man bei Schmerzen.

a Was glauben Sie: Welche Beschwerden haben die Personen? Was hilft dagegen? Sprechen Sie in Gruppen. Die Bildleiste hilft.

- Der Mann auf Foto 1 trägt eine Maske und hustet. Vielleicht hat er sich erkältet.
- Wenn ich Husten habe, nehme ich immer Hustensaft und Hustenbonbons.

b Für welche Medikamente brauchen Sie ein Rezept? Wo kann man sie kaufen? Wie kennen Sie es aus anderen Ländern? Sprechen Sie im Kurs.

- Ich glaube, leichte Schmerztabletten sind rezeptfrei. Aber man kann sie nur in Apotheken kaufen.

2 Wann dürfen Sie *Spiropopan 500* nicht einnehmen?

a Welche Überschrift passt? Lesen Sie und ordnen Sie zu.

Welche Nebenwirkungen sind möglich? • Wie muss man *Spiropopan 500* einnehmen? • Was sollten Sie vor der Einnahme beachten? • Was ist *Spiropopan 500* und wofür wird es angewendet?

Spiropopan 500 mg akut Tabletten

1 ______________________________

Spiropopan 500 ist ein Schmerz- und Fiebermittel und wird zur Behandlung von starken Schmerzen nach Verletzungen oder Operationen und bei chronischen starken Schmerzen eingenommen.

2 ______________________________

Sie sollten das Medikament nicht einnehmen, wenn Sie ...
- allergisch gegen Schmerzmittel sind,
- an Asthma oder Herzkrankheiten leiden,
- schwanger (ab dem 7. Monat) sind.

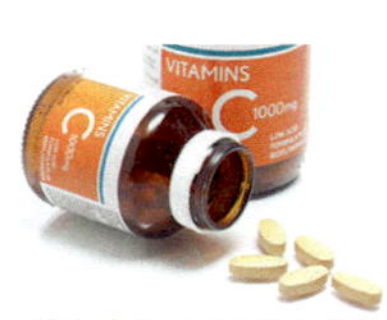
das Vitamin

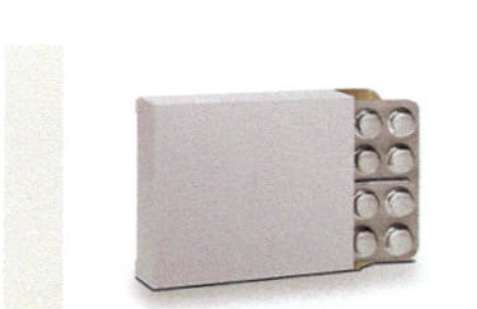
die (Schmerz-)Tablette

das Pulver

die Brausetablette

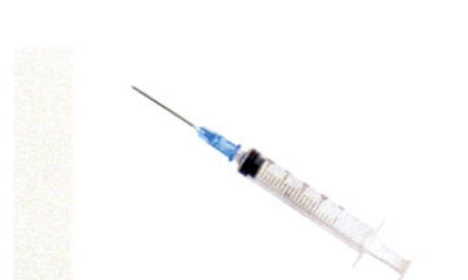
die Spritze

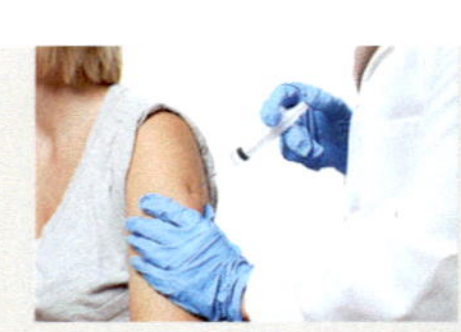
die Impfung

Lernziele: über Medikamente sprechen • einen Beipackzettel verstehen • Informationen über ein Medikament und die Einnahme

3 ______________________

4 ______________________

- Erwachsene und Jugendliche ab 15 Jahren nehmen viermal am Tag zwei Tabletten. Zwischen den Einnahmen sollten mindestens vier Stunden liegen.
- Die Tabletten werden mit einem Glas Wasser eingenommen.
- Das Medikament darf nicht länger als fünf Tage eingenommen werden.

Sollten folgende Nebenwirkungen auftreten, nehmen Sie das Medikament nicht weiter ein und sprechen Sie mit Ihrem Arzt oder Ihrer Ärztin:
- Übelkeit, Müdigkeit
- schneller Puls
- Bewusstlosigkeit
- Magenbluten
- Hautreaktionen

b Was stimmt? Lesen Sie noch einmal in a. Kreuzen Sie an.

	ja	nein
1. Das Medikament kann bei starken Schmerzen eingenommen werden.	☐	☐
2. Das Medikament soll mit Wasser eingenommen werden.	☐	☐
3. Das Medikament darf stündlich eingenommen werden.	☐	☐
4. Wenn man das Medikament nimmt, kann man bewusstlos werden.	☐	☐

c Welcher Satz in b passt? Ergänzen Sie.

Passiv Präsens mit Modalverben

	Position 2		Satzende
Das Medikament	kann	bei starken Schmerzen	eingenommen werden.
Das Medikament	______	mit Wasser	______________.

d Wie darf/kann/soll das Medikament eingenommen werden? Fragen und antworten Sie wie im Beispiel.

nicht länger als fünf Tage • bei starken Schmerzen • nach Operationen • viermal am Tag • mit einem Glas Wasser • bei Herzkrankheiten • bei Magenbluten • ...

Wie lange darf das Medikament eingenommen werden?

Es darf nicht länger als fünf Tage eingenommen werden. Darf das Medikament bei ...

3 Darf ich das Medikament einnehmen?

Dürfen die Personen *Prazopantol* einnehmen? Warum (nicht)? Worauf müssen sie achten? Arbeiten Sie zu dritt. Wählen Sie eine Rolle in der App (A, B oder C). Lesen Sie. Entscheiden Sie zusammen.

1. Pauli (11 Jahre), Magenschmerzen, 1x am Tag 1 Tablette, seit zwei Tagen Fieber
2. Herr Tu (41 Jahre), Magenentzündung, 2x am Tag 1 Tablette, seit sieben Wochen
3. Frau Engels (63 Jahre), Magen- und Darminfektion, 3x am Tag 1 Tablette, seit einer Woche schneller Puls
4. Eren (16 Jahre), Magenschmerzen, seit einer Woche, 1x am Tag 1 Tablette

Ich glaube, Pauli darf das Medikament nicht nehmen, denn ... Das stimmt.

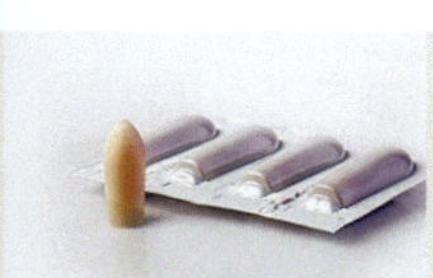
das Zäpfchen

der/das Bonbon

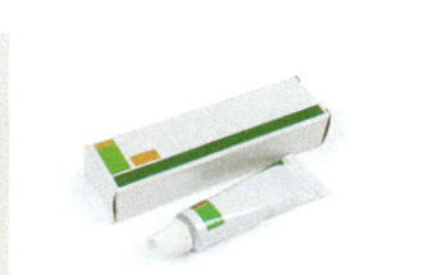
die Salbe

die Tropfen

der Hustensaft

das Spray

C Das ist halb so schlimm!

1 Das wird schon!

a Worüber sprechen Ana da Silva und Tarek Raslan? Sehen Sie sich die Fotos an. Sprechen Sie im Kurs.

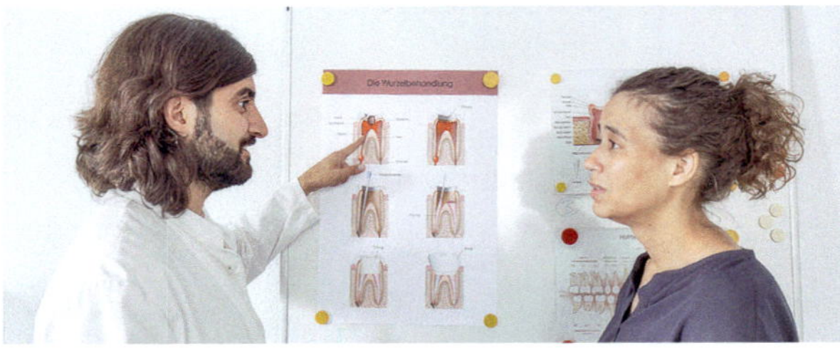

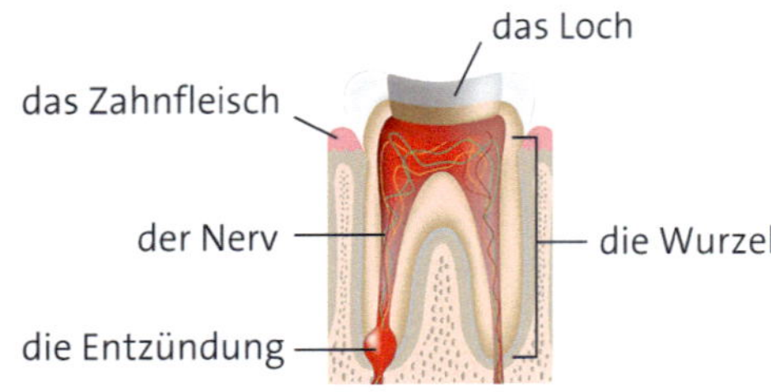

▶ 10 **b Hatten Sie recht? Sehen Sie das Video. Vergleichen Sie mit Ihren Ideen aus a.**

▶ 10 **c Was ist richtig? Sehen Sie das Video noch einmal. Kreuzen Sie an.**

1. ☐ Der Zahn tut schon seit einer Woche weh.
2. ☐ Der Zahn wurde schon einmal behandelt.
3. ☐ Die Zähne wurden regelmäßig untersucht.
4. ☐ Bei der Behandlung muss man den Zahn ziehen.
5. ☐ Herr Raslan kann Frau da Silva selbst behandeln.

d Warum spricht Ana da Silva von ihrer Schwester? Können Sie das verstehen? Sprechen Sie im Kurs.

Ich glaube, Frau da Silva schämt sich, weil sie ...

e Was passt? Lesen Sie noch einmal in c. Ergänzen Sie.

Passiv Präteritum (*wurde-* + Partizip II)

	Position 2		Satzende
Der Zahn	________	schon einmal	________.
Die Zähne	________	regelmäßig	________.

ich wurde
du wurdest
er/sie/es wurde
wir wurden
ihr wurdet
sie/Sie wurden

f Gehen Sie regelmäßig zum Zahnarzt? Was wurde bei Ihnen schon gemacht? Sprechen Sie zu zweit.

die Wurzel(n) behandeln • die Zähne reinigen • eine Entzündung behandeln • ein Loch/Löcher füllen • einen Zahn ziehen • Karies entfernen • Röntgenbilder machen • ...

Als ich beim Zahnarzt war, wurde ...

Bei mir ...

2 Ich kann das gut verstehen.

▶ 10 **a Was sagt Tarek Raslan? Sehen Sie das Video noch einmal. Ergänzen Sie.**

Verständnis zeigen und ermutigen

Das kann ich gut ________.

Ich kann Sie gut verstehen.

Ich kenne das. Das ging mir auch schon so.

Ich kann Sie beruhigen. Das ist nicht/halb so schlimm.

Keine Sorge. Das wird schon.

Sie brauchen ________ zu haben.

Lernziele: von ärztlichen Behandlungen berichten • Passiv Präteritum • über Ängste sprechen • Verständnis zeigen und

b Was macht Tarek Raslan? Wie beruhigen Sie andere Menschen, wenn sie Angst haben? Erzählen Sie.

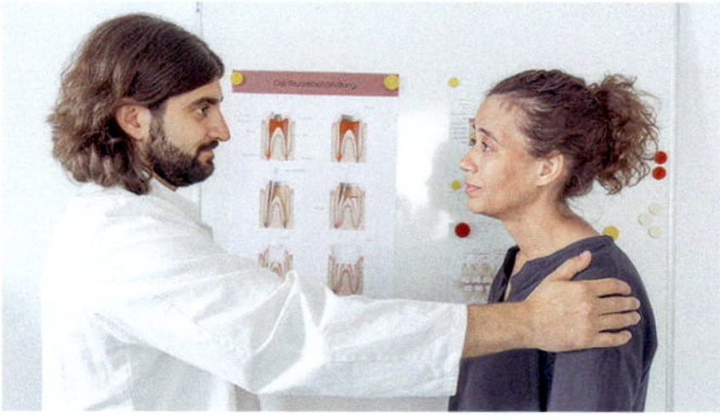

- Er berührt Frau da Silva kurz an der Schulter.
- Ich nehme meine Freunde in den Arm und sage ...

c Kurskette: Ich habe Angst ... Sprechen Sie wie im Beispiel. Die Redemittel in a helfen.

Hunde • Spinnen • Schlangen • Mäuse • Prüfungen • Operationen • Spritzen • ...

Fehler machen • zu spät kommen • auf Deutsch telefonieren • einen Vortrag halten • ...

- Ich habe Angst vor Hunden.
- Das kann ich gut verstehen. Ich habe Angst, Fehler zu machen.

3 Du schaffst das schon!

a Von welchem Problem erzählt tim2006? Lesen Sie und kreuzen Sie an.

a ☐ Er war noch nie im Krankenhaus. b ☐ Er hat Angst vor der Operation.

www.köln-community.beispiel.de

Krankenhaus – was nun?

tim2006: Hallo, Leute, ich war schon öfter mal im Krankenhaus, aber in zwei Wochen werde ich zum ersten Mal operiert und ich habe echt Angst. Hoffe, ihr könnt mir Mut machen ...

hase01: Keine Sorge, ich wurde auch schon am Knie operiert und es war gar nicht schlimm. Du bekommst eine Spritze und dann schläfst du und spürst nichts. Das wird schon!

noproblemo: Hast du einen Zwillingsbruder, tim2006? Vielleicht kann er für dich zur OP gehen? Nein, ich mache nur Spaß. Du schaffst das schon! Das ist alles halb so schlimm!

Läufer21: Ich kann dich gut verstehen. Mein Tipp: Lass dir von dem Arzt ganz genau erklären, was bei der OP passiert. Das hat mich damals bei meiner OP sehr beruhigt.

b Wie reagieren die Personen? Lesen Sie noch einmal. Kreuzen Sie an.

	hase01	noproblemo	Läufer21
1. Sie zeigen Verständnis.	☐	☐	☐
2. Sie geben einen Rat.	☐	☐	☐
3. Sie erzählen von sich.	☐	☐	☐
4. Sie machen Witze.	☐	☐	☐

c Wählen Sie eine Situation (A oder B). Schreiben Sie eine Nachricht. Die App hilft.

A Schreiben Sie eine Nachricht an tim2006.

B Ihre Freundin / Ihr Freund muss zum Zahnarzt. Sie/Er hat Angst vor Schmerzen und schämt sich, weil sie/er so lange nicht beim Arzt war.

d Arbeiten Sie zu zweit. Tauschen Sie Ihre Texte. Geben Sie Feedback.

- Du hast geschrieben, dass ... Das finde ich sehr gut.

D Was hilft gegen Grippe?

1 Ich habe Magenschmerzen.

Welche Wörter kennen Sie? Arbeiten Sie in Gruppen. Wählen Sie A oder B. Schreiben Sie. Welche Gruppe sammelt die meisten Wörter?

A

Krankheiten und Beschwerden

erkältet sein

B

Medikamente und Behandlungen

die Impfung

2 Nach bestimmten Informationen suchen

a Lesen Sie die Fragen. Was ist wichtig? Markieren Sie.

1. Darf ich das Medikament nehmen, wenn ich ein Kind bekomme?
2. Darf ich das Medikament nehmen, wenn ich eine Herzkrankheit habe?
3. Hilft das Medikament, wenn ich mich erkältet habe?
4. Kann Autofahren gefährlich sein, wenn man das Medikament nimmt? Warum?
5. Darf man Bier trinken, wenn man das Medikament nimmt?

b Wo finden Sie die Informationen zu den Fragen in a? Lesen Sie und ordnen Sie zu.

1 Was ist *Pramostat* und wofür wird es angewendet?

☐ *Pramostat* wird zur Behandlung von Erkältungskrankheiten und grippalen Infekten mit Husten, Schnupfen, Kopfschmerzen und Gliederschmerzen angewendet. Bei Fieber oder erhöhter Körpertemperatur wirkt *Pramostat* fiebersenkend.

2 Was sollten Sie vor oder bei der Einnahme beachten?

☐ **2.1 *Pramostat* darf nicht eingenommen werden, wenn ...**

- Sie allergisch gegen Schmerzmedikamente, Vitamin C oder Koffein sind.
- Sie schwanger sind oder stillen.

☐ **2.2 Wichtige Warnhinweise**

Bitte sprechen Sie vor der Einnahme mit einem Arzt/Apotheker, wenn ...

- Sie unter Nierensteinen oder Herzrhythmusstörungen leiden.
- Sie unter starken Magenbeschwerden leiden.

☐ **2.3 Einnahme von *Pramostat* zusammen mit Nahrungsmitteln, Getränken und Alkohol**

Pramostat darf nicht zusammen mit alkoholischen Getränken oder Speisen eingenommen werden.

☐ **2.4 Verkehrstüchtigkeit und Fähigkeit zum Bedienen von Maschinen**

Pramostat kann zu starker Müdigkeit führen, die Konzentration beeinflussen und die Reaktionszeit reduzieren.
Besondere Vorsicht gilt bei der Teilnahme am Straßenverkehr und/oder beim Bedienen von Maschinen (auch im Haushalt).

c Wo finden Sie die Antworten zu den Fragen in a? Lesen Sie in b noch einmal genau. Markieren Sie die Textstellen.

d Beantworten Sie die Fragen in a. Vergleichen Sie zu zweit.

Lernziele: Wortfeld: Krankheiten, Behandlungen • Strategie: nach bestimmten Informationen suchen • Passiv Präsens •

3 Was wird hier gemacht?

a Was macht der Arbeiter? Was wird gemacht? Schreiben Sie.

1 Der Arbeiter pflanzt den Baum. 2 Der Baum ...

b Alles richtig? Sehen Sie das Video und kontrollieren Sie.

c Arbeiten Sie zu zweit. Partner/-in A arbeitet mit dem Buch. Partner/-in B arbeitet mit der App. Bilden Sie Passiv-Sätze. Kontrollieren Sie.

A

1. die Waren kontrollieren
2. Der Tisch wird repariert.
3. das Material bestellen
4. Der Kunde wird beraten.
5. die Werkstatt sauber machen
6. Der Plan wird gezeichnet.
7. das Produkt liefern
8. Die Rechnung wird geschrieben.

Die Waren werden kontrolliert.

Ja, das ist richtig. Der Tisch ...

4 Ich kann dich beruhigen.

a Was ist das Problem? Wie geht es Adrijan? Lesen Sie und markieren Sie.

Adrijan 12:20 Hi, Milena, ich habe nächste Woche eine wichtige Prüfung. Ich weiß nicht, ob ich sie schaffe. Ich bin total nervös und gestresst. Tag und Nacht lerne ich, aber ich kann mir nichts mehr merken. Wie war es damals bei dir? Was kann ich tun? Ich weiß nicht mehr weiter. ☹

b Wie antwortet Milena? Lesen Sie und ordnen Sie zu.

1. ermutigen
2. Tipps geben
3. von eigenen Erfahrungen berichten
4. Verständnis für seine Situation zeigen

Milena 12:33 Lieber Adrijan,

☐ oje, Prüfungsstress ... Das kenne ich. Ich weiß, wie es dir geht. Ich kann dich gut verstehen.

☐ Ich hatte damals große Angst vor meiner Prüfung. Das war nicht schön. Mir hat es sehr geholfen, mit Freunden darüber zu sprechen. Wir haben dann zusammen feste Lernzeiten und Pausen geplant.

☐ Du solltest unbedingt beim Lernen regelmäßig Pausen machen und Sport treiben. Es ist auch wichtig, genug zu schlafen.

☐ Keine Sorge! Du hast so viel gelernt. Du schaffst das schon!

c Was würden Sie Adrijan schreiben? Machen Sie Notizen zu den Punkten 1–4 in b.

d Schreiben Sie jetzt die Nachricht an Adrijan. Arbeiten Sie mit Ihren Notizen aus c. Die Redemittel auf Seite 74 helfen.

e Arbeiten Sie zu zweit. Tauschen Sie Ihre Texte. Geben Sie Feedback.

5 Alles klar? Wollen Sie mehr üben?

a Was hat Ihnen gefallen? Was war schwer? Was war leicht? Sprechen Sie im Kurs.

b Wiederholen Sie und üben Sie in der App. Wählen Sie A (leichte Übungen) oder B (schwere Übungen).

TREFFPUNKT

Kleidung in Zahlen

In den Innenstädten der meisten deutschen Städte steht ein Kleidungsgeschäft neben dem anderen. Am Samstag sind sie oft so voll, dass man vor den Umkleidekabinen und an der Kasse lange warten muss. Es scheint also, dass viele Menschen sich regelmäßig neue Kleidung kaufen. Haben Sie eine Idee, wie viele Kleidungsstücke die Menschen in Deutschland pro Jahr kaufen, wie viele sie besitzen und ob sie die Kleidungsstücke überhaupt tragen?

Machen Sie den Test!

1. Wie viel Kilo Kleidung kaufen die Menschen in Deutschland im Durchschnitt pro Jahr?
   - ☐ 5 kg ☐ 12 kg ☐ 20 kg
2. Was glauben Sie: Wie viele Kleidungsstücke sind das im Durchschnitt?
   - ☐ 20 ☐ 40 ☐ 60
3. Wie viele Kleidungsstücke (ohne Unterwäsche und Socken) besitzen Frauen in Deutschland im Durchschnitt?
   - ☐ 88 ☐ 118 ☐ 158
4. Wie viele Kleidungsstücke (ohne Unterwäsche und Socken) besitzen Männer in Deutschland im Durchschnitt?
   - ☐ 73 ☐ 93 ☐ 103
5. Wie viel Prozent von all diesen Kleidungsstücken werden nie getragen?
   - ☐ 20 % ☐ 40 % ☐ 80 %
6. Wie viel Kilo Kleidung wirft jeder Mensch in Deutschland im Durchschnitt pro Jahr weg?
   - ☐ 1,7 kg ☐ 4,7 kg ☐ 10,7 kg
7. Wie viele Kleidungsstücke wirft ein Mensch in Deutschland im Durchschnitt pro Jahr in den Altkleidercontainer?
   - ☐ 16 ☐ 25 ☐ 37

(Quelle: alleantworten.de; greenpeace.de)

Restaurant-Tipp der Woche

Das Streetfood-Restaurant *Future One* in Berlin-Kreuzberg erstaunt mit ungewöhnlichen Gerichten. Neu auf der Speisekarte: Ein Burger, der nicht mit Rindfleisch, sondern mit knusprig gebratenen Raupen zubereitet wird! Eine Zutat, die man eher selten auf einem Burger findet, die aber positiv überrascht. Zum guten Geschmack kommt noch das gute Gewissen: Im Vergleich zum Rindfleisch ist das Fleisch der Raupe umweltfreundlich, gut für das Klima und sehr gesund.
Future One - Bergmannstraße 81, 10961 Berlin

1 Kleidung in Zahlen

a **Was denken Sie: Welche Antwort ist richtig? Lesen Sie und kreuzen Sie an. Sprechen Sie dann in Gruppen.**

b **Vergleichen Sie mit der Lösung unten. Was hat Sie überrascht? Sprechen Sie.**

2 Restaurant-Tipp der Woche

Möchten Sie dieses Gericht essen? Warum (nicht)? Lesen Sie und sprechen Sie im Kurs.

Lösung: 1. 12 – 2. 60 – 3. 118 – 4. 73 – 5. 40% - 6. 4,7 – 7. 16

Angst vor einem Termin beim Zahnarzt?

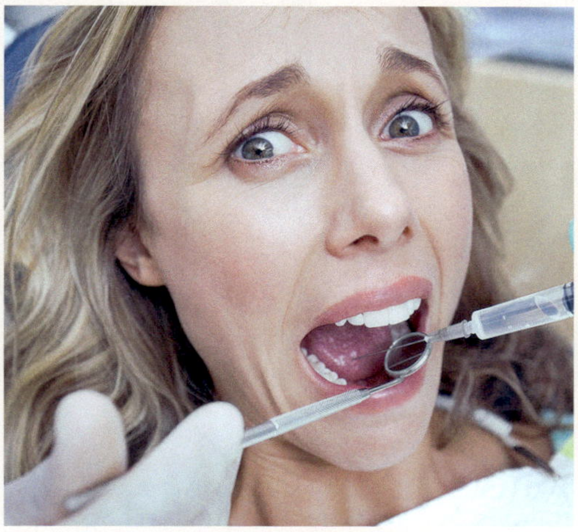

Viele Patientinnen und Patienten haben Angst vor der Behandlung beim Zahnarzt. Auf dem Zahnarztstuhl bekommen sie Panik, das Herz rast, sie zittern und schwitzen.
Ganz schlecht ist es, wenn sie sogar vermeiden, zum Zahnarzt zu gehen. Denn gesunde Zähne sind sehr wichtig für unsere Gesundheit. Die Angst kann verschiedene Gründe haben. Vielleicht hat die Person in der Kindheit schon schlechte Erfahrungen gemacht. Ein Problem ist für viele auch, dass Schmerzen am Kopf besonders unangenehm sind und dass die Patientinnen und Patienten nicht sehen können, was die Ärztin oder der Arzt macht.

Was können Sie tun, wenn Sie unter Angst vor dem Zahnarzt leiden? Wir geben Ihnen Tipps:

1. Sagen Sie in der Zahnarztpraxis, dass Sie Angst vor der Behandlung haben. Die Zahnärztin oder der Zahnarzt wird Sie dann besonders sensibel behandeln und auf Ihre Probleme Rücksicht nehmen. Es gibt auch Praxen, die auf Patientinnen und Patienten mit Angst spezialisiert sind.

2. Bitten Sie eine Freundin oder einen Freund, Sie zur Zahnarztpraxis zu begleiten. Die Person kann Ihnen zum Beispiel im Wartezimmer Mut machen und Sie bei der Behandlung unterstützen.

3. Bitten Sie die Zahnärztin oder den Zahnarzt, Ihnen die Behandlung zu erklären. Dann verstehen Sie besser, was sie oder er in Ihrem Mund macht. Vielen Menschen hilft das. Und fragen Sie nach, wenn Sie etwas nicht genau verstanden haben. Gute Ärztinnen und Ärzte erklären es Ihnen gerne!

3 Angst vor einem Termin beim Zahnarzt?

1.22 **a** **Hören Sie und lesen Sie den Anfang. Beantworten Sie die Fragen.**

1. Welche Probleme haben Menschen, die Angst vor einem Termin beim Zahnarzt haben?
2. Warum haben Menschen Angst vor der Behandlung?

1.23 **b** **Hören Sie weiter und lesen Sie die Tipps. Welchen Tipp finden Sie am besten? Kennen Sie noch andere Tipps? Sprechen Sie in Gruppen.**

c Projekt. **Welche Praxen in Ihrer Stadt machen Angebote für Angstpatientinnen und -patienten? Welche Angebote machen sie? Recherchieren Sie und machen Sie Notizen. Erzählen Sie im Kurs.**

9 Engagement

A Ich engagiere mich.

die freiwillige Feuerwehr

die Pfadfinder

das Zahnmobil

das Tierheim

die Tafel

der Sportverein

1 Ich tue etwas Sinnvolles.

a Wo engagieren sich die Personen auf den Fotos? Was glauben Sie: Was machen sie dort? Sprechen Sie im Kurs. Die Bildleiste hilft.

Die Personen bei der freiwilligen Feuerwehr löschen Brände und ...

b Warum arbeiten die Personen ehrenamtlich? Arbeiten Sie zu dritt. Wählen Sie eine Person (A, B oder C). Die anderen wählen eine andere Person. Lesen Sie und machen Sie Notizen.

A

Ich heiße Sinaida Kowalska und ich engagiere mich seit fünf Jahren bei der freiwilligen Feuerwehr. Ich mache das, weil ich bei dieser Arbeit Menschen oder auch Tieren in Not helfen kann und so etwas Sinnvolles für die Gesellschaft tue. Für die Arbeit bekomme ich kein Geld, aber ich kann hier praktisch arbeiten und viel Neues lernen. Als Versicherungskauffrau sitze ich den ganzen Tag am Schreibtisch, aber bei der Feuerwehr bin ich körperlich sehr aktiv. Das tut mir gut. Einmal pro Woche treffen wir uns abends für zwei Stunden in unserer Wache und trainieren für unsere Einsätze. Im letzten Jahr hatten wir 63 Einsätze und ich war 25-mal dabei. Ich investiere viel Zeit in mein Ehrenamt, aber das lohnt sich!

B

Mein Name ist Peter Franzen, ich bin Zahnarzt und seit einigen Jahren in Rente. Ich liebe meinen Beruf und möchte armen oder obdachlosen Menschen mit meinem Können helfen. Als Rentner habe ich jetzt Zeit, deshalb engagiere ich mich ein paar Stunden pro Woche beim Zahnmobil der Obdachlosenhilfe. Im Zahnmobil bieten wir montags und mittwochs von 9 bis 11 Uhr Sprechstunden an, ich übernehme im Jahr circa 30 Sprechstunden. Wir sind insgesamt 15 Zahnärztinnen und Zahnärzte. Alle arbeiten hier ehrenamtlich, also ohne Bezahlung. Unsere Patientinnen und Patienten kommen oft erst, wenn ihre Zähne schon ganz kaputt sind und sie große Schmerzen haben. Im Zahnmobil können wir sie medizinisch versorgen. Die meisten Patientinnen und Patienten sind sehr dankbar für die kostenlose Behandlung.

Brände löschen

Menschen in Not retten

Kindergruppen leiten

die Natur entdecken

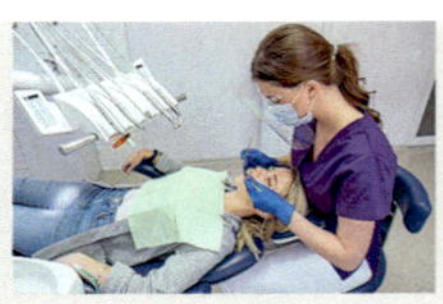
Menschen behandeln

medizinisch versorgen

Lernziele: über Ehrenamt sprechen • über eigenes Engagement sprechen • etwas begründen • Wortfeld: ehrenamtliche Tätigkeiten

C

Ich bin Signe Hansen und ich studiere Biologie. Als Kind habe ich es geliebt, in der Natur zu sein. Meine Liebe zu Pflanzen und Tieren möchte ich gerne weitergeben und deshalb arbeite ich bei den Pfadfindern als ehrenamtliche Leiterin von Kindergruppen. Es gibt 20 Gruppenleiter/-innen. Wir bekommen kein Geld für diese Arbeit, aber wir engagieren uns, weil wir nachhaltig etwas verändern möchten. Jeden Samstag machen wir mit den Kindern einen Waldspaziergang. Ich mache das zweimal im Monat. Wir beobachten mit den Kindern die Natur und die Tiere und machen kleine Experimente. Es ist sehr wichtig, dass man Kinder schon früh auf den Naturschutz aufmerksam macht. Nach zwei Stunden im Wald haben die Kinder Spaß gehabt und vieles gelernt. Das motiviert mich sehr!

	Name:
Wo arbeitet die Person ehrenamtlich? Was macht sie da?	
Warum arbeitet sie ehrenamtlich?	
Wie viel Geld bekommt sie für diese Tätigkeit?	
Wie viel Zeit investiert sie in das Ehrenamt?	

c Was machen die anderen Personen? Sprechen Sie zu dritt.

d Wie finden Sie das Engagement dieser Personen? Haben Sie selbst schon ehrenamtlich gearbeitet oder kennen Sie Menschen, die ehrenamtlich arbeiten? Sprechen Sie in Gruppen.

Ich finde es toll, dass sie anderen Menschen helfen, obwohl sie kein Geld dafür bekommen. Ich habe Leute kennengelernt, die …

2 Das möchte ich ehrenamtlich machen.

a Wo möchten Sie ehrenamtlich arbeiten? Wählen Sie eine ehrenamtliche Tätigkeit (A, B oder C). Lesen Sie in der App. Beantworten Sie die Fragen und schreiben Sie einen Text.

Sie helfen **im Tierheim.** A	Sie helfen **bei der Tafel.** B	Sie helfen **im Sportverein.** C

1. Warum möchten Sie dort ehrenamtlich arbeiten?
2. Welche Tätigkeiten finden Sie interessant? Welche können Sie übernehmen?
3. Wie viel Zeit können Sie investieren?

Ich möchte im Tierheim arbeiten, weil …

b Arbeiten Sie zu zweit. Tauschen Sie Ihre Texte. Stellen Sie Fragen.

Lebensmittel verteilen

Waren sortieren

Tiere füttern

Gehege sauber machen

Kinder trainieren

Trikots waschen

B Hier wurde mir geholfen.

1 So habe ich die schwierige Zeit gemeistert.

a **Was sehen Sie auf den Fotos? Was denken Sie: Welche schwierige Situation mussten oder müssen die Personen meistern? Sprechen Sie im Kurs.**

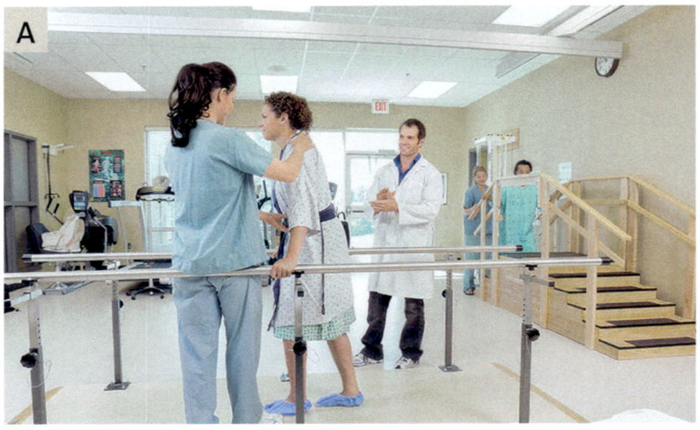

b **Waren Ihre Vermutungen richtig? Lesen Sie. Kontrollieren Sie.**

Podcast:
Das ist mein Leben ▶ **8. Dez. / 21 Minuten**

Der Journalist Karsten Teichert interviewt Menschen nach schwierigen Lebenssituationen – Menschen, die verzweifelt waren und die wenig Hoffnung hatten. Karsten trifft heute Juana Jornet, die vor drei Jahren einen schweren Unfall hatte. Und er spricht mit Tino Maas, den seine Frau verlassen hat. Seit zwei Jahren ist er nun alleinerziehender Vater von zwei Söhnen (5 Jahre und 3 Jahre). Was war schwierig? Von wem haben sie Hilfe bekommen? Woran mussten sie sich gewöhnen? Und wie geht es ihnen heute?

Wissen Sie es noch?

Relativpronomen im Nominativ und Akkusativ

Karsten trifft heute Juana Jornet, **die** vor drei Jahren einen schweren Unfall hatte.

Und er spricht mit Tino Maas, **den** seine Frau verlassen hat.

2 Das war ein besonderes Erlebnis für mich.

1.24 **a** **Wer sagt das: Juana Jornet, Tino Maas oder beide? Hören Sie und kreuzen Sie an.**

	Juana Jornet	Tino Maas
1. Ich musste alles allein machen. Daran musste ich mich gewöhnen.	☐	☐
2. Es war sehr schwierig, als ich arbeitslos war.	☐	☐
3. Das Leben fühlte sich sinnlos an.	☐	☐
4. Ich musste akzeptieren, dass ich Hilfe brauche.	☐	☐
5. Es war eine gute Erfahrung, wieder arbeiten zu gehen.	☐	☐
6. Man sollte mit anderen sprechen, wenn eine Situation hoffnungslos scheint.	☐	☐

1.24 **b** **Vergleichen Sie zu zweit. Hören Sie noch einmal. Kontrollieren Sie.**

Lernziele: einen Podcast über schwierige Lebenssituationen • über eigene Erfahrungen berichten • Gefühle ausdrücken •

c **Wie sagt man es? Lesen Sie in a. Ergänzen Sie.**

Wörter auf *-los*

Er hat keine Arbeit. = Er ist ______________.

Das ergibt keinen Sinn. = Das ist ______________.

Es gab in der Situation keine Hoffnung. = Die Situation war ______________.

auch: hilflos, kostenlos, ...

3 Ich habe eine ähnliche Erfahrung gemacht.

a **Wie reagieren David und Thao auf den Podcast? Was ist in ihrem Leben passiert? Was ist heute positiv? Lesen Sie und sprechen Sie im Kurs.**

www.dasistmeinleben.beispiel.de

David: Ich habe etwas Ähnliches erlebt. Vor einem Jahr hatte ich auch einen Unfall und ich war verzweifelt. Nach dem Unfall konnte ich meinen alten Beruf als Busfahrer nicht mehr ausüben. Das war eine schwere Zeit für mich. Ich habe dann mit Hilfe von meiner Beraterin von der Arbeitsagentur eine neue Arbeit gefunden. Jetzt arbeite ich an der Rezeption eines Krankenhauses und bin sehr dankbar, dass ich diesen Job gefunden habe!

Thao: Als ich vor zwei Jahren nach Deutschland gekommen bin, hatte ich eine schwere Zeit. Ich war sehr einsam, kannte niemanden und habe meine Familie und Freunde sehr vermisst. Aber dann ist etwas passiert, was mein Leben positiv verändert hat. Vor meinem Haus habe ich eine kleine Katze gefunden. Ich habe sie ins Tierheim gebracht, damit ihr Besitzer sie wiederfinden kann, aber niemand hat sich gemeldet. Ich habe mich dann entschieden, die Katze zu adoptieren. Das war die beste Entscheidung meines Lebens, denn die Katze schenkt mir jeden Tag Freude.

b **Lesen Sie noch einmal in a und ergänzen Sie.**

über eigene Erfahrungen berichten

Ich habe ______________ erlebt. Ich habe die Erfahrung gemacht, dass ...

Das hat mein Leben verändert.

☹ Ich war ______________ / sehr einsam.

Die Situation war hoffnungslos/aussichtslos.

Das war eine ______________ Zeit für mich, aber ...

☺ Das hat mein Leben positiv verändert.

Das war die beste ______________ meines Lebens.

c **Arbeiten Sie zu zweit. Wählen Sie eine Aufgabe (A oder B). Sprechen Sie.**

A Haben Sie schon mal eine schwierige Situation gemeistert? Was haben Sie gemacht? Welche Hilfe(n) haben Sie bekommen? Welche Lösung haben Sie gefunden?

B Haben Sie schon mal einer Person in einer schwierigen Situation geholfen? Was ist passiert? Wie ging es der Person? Was haben Sie gemacht? Wie konnten Sie helfen?

C Ich bin Betriebsrätin.

1 Ich kenne jemanden, dem Sie vertrauen können.

a Tarek Raslan hat ein Problem. Sehen Sie das Video. Machen Sie Notizen. Vergleichen Sie dann im Kurs.

1. Was für ein Problem hat Herr Raslan?
2. Warum kann Frau da Silva helfen? Und wie?

b Wie reagiert Tarek Raslan darauf, dass Stephan Stift Urlaub bekommt? Verstehen Sie seine Reaktion? Sehen Sie das Video noch einmal. Sprechen Sie im Kurs.

c Was denken Sie: Was ist richtig? Lesen Sie und kreuzen Sie an. Sprechen Sie dann im Kurs.

www.langenbeck-institut/betriebsrat.beispiel.de

Was ist der Betriebsrat?

Der Betriebsrat ist eine Gruppe von Arbeitnehmer/-innen, die sich in einer Firma für die Interessen der Arbeitnehmer/-innen einsetzt. Man kann einen Betriebsrat wählen, wenn mindestens fünf Personen in der Firma arbeiten.

Was sind die Aufgaben des Betriebsrats?

- ***Der Betriebsrat bestimmt die Arbeitszeiten mit.***
  Arbeitszeiten, denen der Betriebsrat zustimmen muss, sind z. B. Beginn und Ende der täglichen Arbeitszeit, Gleitzeit, Überstunden, Dienstpläne und Schichtpläne, Bereitschaftsdienst.
- ***Der Betriebsrat sorgt dafür, dass die Gesetze eingehalten werden.***
  Das sind z. B. Gesetze zum Urlaub oder zur Kündigung oder der Anspruch auf Elternzeit.
- ***Der Betriebsrat hilft dabei, die Gesundheit der Mitarbeiter/-innen zu schützen.***
  Er setzt sich für gute Arbeitsbedingungen und eine angenehme Arbeitsumgebung ein. Er kümmert sich auch um den Schutz von einzelnen Gruppen, z. B. von Auszubildenden oder schwangeren Frauen.
- ***Der Betriebsrat bestimmt Regeln im Betrieb mit.***
  Der Arbeitgeber muss z. B. mit dem Betriebsrat klären, ob es Arbeitskleidung gibt und wer sie tragen muss, wer Parkplätze von der Firma nutzen darf, wann die Kantine und der Kindergarten der Firma öffnen und schließen und wie viel Geld die Arbeitnehmer/-innen für diese Angebote bezahlen müssen.
- ***Der Betriebsrat setzt sich für gleiche Chancen ein.***
  Frauen und Männer, Junge und Alte, Menschen mit und ohne Behinderung – alle sollten das Recht auf gleiche Karrierechancen haben. Der Betriebsrat kontrolliert, dass Mitarbeiter/-innen nicht benachteiligt werden, wenn sie die Abteilung oder die Position im Unternehmen wechseln.

Mitglieder des Betriebsrats

Frank Heinemann

Dr. Isabel Seidel

Ana da Silva

Benjamin Hall

1. ☐ Wenn eine Firma Arbeitskleidung einführen möchte, muss der Betriebsrat zustimmen.
2. ☐ Ein Arbeitnehmer möchte in Elternzeit gehen. Der Arbeitgeber lehnt das ab. Das ist eine Entscheidung, der der Betriebsrat widersprechen kann.
3. ☐ Eine Firma möchte neue Produkte verkaufen. Der Betriebsrat muss zustimmen.
4. ☐ Überstunden gehören zu den Arbeitszeiten, denen der Betriebsrat zustimmen muss.
5. ☐ Eine Arbeitnehmerin soll das Team wechseln. Der Betriebsrat hat keinen Einfluss auf die Entscheidung.
6. ☐ Es gibt zu wenig Parkplätze. Der Betriebsrat bestimmt mit, wer sie nutzen darf.
7. ☐ Der Arbeitgeber möchte die Preise in der Kantine ändern. Der Betriebsrat bestimmt mit.

Wissen Sie es noch?
Verben mit Dativ

Der Betriebsrat muss **dem** Dienstplan zustimmen.

Der Betriebsrat kann **der** Kollegin helfen.

auch: antworten, begegnen, danken, vertrauen, widersprechen, ...

d **Lesen Sie und zeichnen Sie Pfeile wie im Beispiel.**

Relativpronomen im Dativ

Das ist der Dienstplan, **dem** der Betriebsrat zugestimmt hat.

Das ist ein Betriebsratsmitglied, **dem** ich vertraue.

Ich kenne eine Kollegin, **der** der Betriebsrat helfen konnte.

Das sind Entscheidungen, **denen** der Betriebsrat widersprechen kann.

e **Fragen Sie und antworten Sie. Sprechen Sie in Gruppen.**

1. Wer ist der Mensch, dem du am meisten vertraust?
2. Wer ist die Person, der du öfter danken könntest?
3. Gibt es Personen, denen du oft hilfst?
4. Gibt es Menschen, denen du nicht gerne widersprichst?
5. Gibt es eine berühmte Person, der du gerne begegnen möchtest?

Der Mensch, dem ich am meisten vertraue, ist ...

2 Ich möchte nicht so oft am Wochenende arbeiten.

a **Welche Probleme kann es in diesem Beruf geben und warum? Arbeiten Sie in Gruppen. Wählen Sie einen Beruf (A, B oder C) und machen Sie Notizen.**

Krankenpfleger/-in **A**	Paketbotin/Paketbote **B**	anderer Beruf **C**

b **Was glauben Sie: Bei welchen Problemen kann der Betriebsrat helfen? Sprechen Sie in der Gruppe.**

c **Präsentieren Sie ein Problem im Kurs. Kann der Betriebsrat helfen? Erklären Sie.**

D Ich habe gute Erfahrungen gemacht.

1 Ich engagiere mich ehrenamtlich.

a Was passt zusammen? Verbinden Sie. Mehrere Antworten sind möglich.

Menschen in Not – retten

Kindergruppen, Tiere, Lebensmittel, die Natur, Gehege, Menschen, Waren, Kinder, Brände, Trikots

trainieren, retten, sortieren, waschen, füttern, behandeln, verteilen, sauber machen, leiten, löschen, entdecken

b In welchem Ehrenamt macht man das? Ordnen Sie die Tätigkeiten aus a zu.

freiwillige Feuerwehr	Pfadfinder	Zahnmobil	Tafel	Tierheim	Sportverein
Brände löschen					

c Was glauben Sie: Was macht man dort noch? Arbeiten Sie zu zweit. Ergänzen Sie in b.

2 Ich zahle am liebsten bargeldlos.

Was bedeuten die Wörter auf *-los*? Arbeiten Sie in Gruppen. Sprechen Sie wie im Beispiel.

1. Unser Büro wird ab 2028 papierlos.
2. Die Studierenden sind heute alle lustlos.
3. Ich zahle am liebsten bargeldlos.
4. Die Mannschaft ist schon seit fünf Wochen erfolglos.
5. Meine Kopfhörer sind kabellos.

„Papierlos“ heißt, dass man im Büro kein Papier mehr benutzt, sondern nur noch digital arbeitet.

3 Vermutungen beim Hörverstehen nutzen

a Was vermuten Sie? Arbeiten Sie in Gruppen. Lesen Sie und sprechen Sie in Gruppen.

Podcast: Mein FSJ **26. Dez. / 30 Minuten**

In diesem Podcast sprechen wir mit zwei jungen Leuten, Jonny und Ella, die nach der Schule ein Freiwilliges Soziales Jahr (FSJ) gemacht haben. In dieser Zeit engagieren sich junge Leute zwischen 15 und 27 Jahren bei einer sozialen Einrichtung. Viele junge Leute machen ein FSJ, weil sie etwas Gutes für die Gesellschaft tun möchten und die Arbeitswelt kennenlernen wollen. Sie bekommen dafür monatlich circa 400 Euro. Jonny hat in einem Krankenhaus gearbeitet und Ella hat ihr FSJ auf einem Kinderbauernhof gemacht. In diesem Podcast erzählen sie, welche Erfahrungen sie gemacht haben.

1. Was denken Sie: Warum haben Ella und Jonny das FSJ gemacht?
2. Was haben sie im Krankenhaus und auf dem Kinderbauernhof vielleicht gemacht?
3. Welche Erfahrungen waren vielleicht positiv, welche vielleicht negativ?

Vielleicht wussten sie nicht, welchen Beruf sie nach der Schule lernen wollten.

Lernziele: Wortfeld: ehrenamtliche Tätigkeiten • Wortbildung: Wörter auf *-los* • Strategie: Vermutungen beim Hörverstehen nutzen •

1.25 **b Hören Sie. Waren Ihre Vermutungen in a richtig? Hat es Ihnen geholfen, dass Sie vorher über die Fragen nachgedacht haben? Sprechen Sie im Kurs.**

1.25 **c Wählen Sie eine Person (A: Jonny oder B: Ella). Hören Sie noch einmal. Machen Sie Notizen zu Ihrer Person.**

1. Dauer des FSJ
2. Grund
3. Aufgaben/Tätigkeiten
4. schlechte Erfahrung
5. gute Erfahrung
6. Berufswunsch

d Würden Sie gerne ein FSJ machen? Warum (nicht)? Sprechen Sie zu zweit.

4 Ich möchte mich beschweren.

a Mit welchem Wort beginnt Borjan Sanchez seine Sätze? Lesen Sie und markieren Sie.

An: betriebsrat@beispiel.de

Von: sanchezborjan@example.com

Lieber Betriebsrat,

ich habe für Juli drei Wochen Urlaub beantragt. Ich habe heute leider gehört, dass meine Chefin meinen Urlaubsantrag abgelehnt hat. Ich brauche aber Urlaub im Juli, weil meine Kinder dann Ferien haben.

Ich habe leider noch ein Problem. Ich muss nächste Woche schon wieder am Samstag arbeiten. Ich habe in diesem Jahr schon sehr oft am Wochenende gearbeitet. Ich möchte wissen, ob das erlaubt ist.

Ich möchte Sie bitten, mir zu helfen. Ich möchte, dass Sie meine Probleme bei meiner Chefin ansprechen. Ich danke Ihnen im Voraus.

Herzliche Grüße
Borjan Sanchez

b Arbeiten Sie zu zweit. Schreiben Sie die E-Mail neu und variieren Sie die Satzanfänge.

Lieber Betriebsrat,
für Juli habe ich ...

c Zu welchem Punkt hat Herr Sanchez nichts geschrieben? Ergänzen Sie die E-Mail.

- Warum schreiben Sie an den Betriebsrat?
- Wie haben Sie versucht, das Problem selbst zu lösen?
- Welches Problem gibt es noch?
- Was soll der Betriebsrat tun?

d Sie haben ein Problem: Sie müssen zu viele Abendschichten machen. Schreiben Sie eine E-Mail an den Betriebsrat. Schreiben Sie zu jedem Punkt in c zwei Sätze. Variieren Sie die Satzanfänge. Die App hilft.

5 Alles klar? Wollen Sie mehr üben?

a Was hat Ihnen gefallen? Was war schwer? Was war leicht? Sprechen Sie im Kurs.

b Wiederholen Sie und üben Sie in der App. Wählen Sie A (leichte Übungen) oder B (schwere Übungen).

10 Wünsche

A Ich wäre gern verliebt.

1 Merlin

2 Paul

3 Mariana

4 Saira

5 Nermin

6 Robert und Laura

1 Wir würden gerne in die Stadt ziehen.

a Was glauben Sie: Was wünschen sich die Personen? Sehen Sie sich die Fotos an und sprechen Sie zu zweit.

Merlin möchte vielleicht in den Zirkus gehen.

1.26

b Was ist richtig? Hören Sie und kreuzen Sie an. Vergleichen Sie mit Ihren Vermutungen aus a.

1. Merlin würde gern ☐ in den Zirkus gehen. ☐ im Zirkus arbeiten.
2. Paul würde sich gern ☐ verlieben. ☐ öfter mit Freunden treffen.
3. Mariana würde gern ☐ mit dem Schiff reisen. ☐ Urlaub am Meer machen.
4. Saira würde gern ☐ einen Deutschkurs besuchen. ☐ Informatik studieren.
5. Nermin würde gern ☐ eine Ausbildung zur Polizistin machen. ☐ bei der Kriminalpolizei arbeiten.
6. Robert und Laura würden gern ☐ ein Haus kaufen. ☐ in eine größere Wohnung ziehen.

c Lesen Sie noch einmal in b. Ergänzen Sie.

Wünsche mit Konjunktiv II: *würde- gern* + Infinitiv

Merlin	würde	gern im Zirkus	arbeiten.
Saira	________	________ Informatik	________.

ich würde	wir würden
du würdest	ihr würdet
er/sie/es würde	sie/Sie würden

auch: Merlin würde lieber / am liebsten im Zirkus arbeiten.

d Was würden Sie gern machen? Sprechen Sie wie im Beispiel.

einen guten Job finden • neue Leute kennenlernen • weniger arbeiten • viel/mehr Geld verdienen • Verwandte / meine Familie besuchen • in einer größeren Wohnung wohnen • ein Stipendium bekommen • studieren • ...

Ich würde gern studieren.

Ahmed würde gern studieren. Ich würde gern in einer größeren Wohnung wohnen.

Lernziele: über Wünsche und Träume sprechen • Wünsche mit Konjunktiv II: *würde- gern* + Infinitiv; *wäre- gern* / *hätte- gern*

2 Ich wäre auch gern reich.

a Was wünscht sich Irene? Und was Paolo? Lesen Sie und markieren Sie.

Irene 10:12 Hi, Paolo, hast du gehört? Eine Frau hat 120 Millionen im Lotto gewonnen. Ich wäre auch gern so reich!

Paolo 11:02 Ach, Irene, so viel Geld macht nicht glücklich. Ich glaube, es macht nur einsam.

Irene 11:14 Da hast du recht. Ich würde aber gern etwas mehr verdienen. Geld macht das Leben schon leichter!

Paolo 11:16 Ja, stimmt. Ich hätte aber lieber mehr Freizeit. Ich wäre gerne früher zu Hause, dann hätte ich mehr Zeit für meine Familie.

Irene 11:20 Tja, hätte, hätte, Fahrradkette! ☹

b Lesen Sie noch einmal in a. Ergänzen Sie.

Wünsche mit Konjunktiv II: *wäre- gern / hätte- gern*

Ich ______________ auch **gern** so reich.

Ich ______________ **gern** mehr Freizeit.

auch: Ich hätte/wäre lieber / am liebsten ...

ich wäre/hätte	wir wären/hätten
du wär(e)st/hättest	ihr wär(e)t/hättet
er/sie/es wäre/hätte	sie/Sie wären/hätten

13

c Wie sagt man es? Sehen Sie das Grammatik-Video. Schreiben Sie wie im Video.

Ich würde gerne früher zu Hause sein, dann würde ich mehr Zeit für meine Familie haben.

d Was wünschen Sie sich? Arbeiten Sie in Gruppen. Sprechen Sie wie im Beispiel.

Sie haben Hunger. • Ihr Fahrrad ist schon alt. • Sie sind krank. • Sie haben wenig Geld. • Sie haben zu viel zu tun. • Sie sind arbeitslos. • Sie haben keine Lust zu lernen. • Ihr Job macht Ihnen keinen Spaß. • Sie haben Durst. • Der Bus fährt nicht. • ...

- Ich habe Hunger. Ich hätte gern eine Pizza.
- Ich bin krank. Ich wäre gern ...

3 Ich hätte gern eine größere Wohnung.

a Was wünschen Sie sich? Wählen Sie drei Themen. Schreiben Sie zu jedem Thema einen Wunsch.

– Familie
– Freundschaft
– Ausbildung
– Arbeit/Beruf
– Wohnen
– Gesundheit

Ich würde gern eine Ausbildung zur/zum ... machen.

b Lesen Sie Ihre Wünsche vor. Die anderen stehen auf, wenn sie denselben Wunsch haben.

B Sie könnten sich weiterbilden.

1 Ich hätte gern eine sinnvolle Arbeit.

a Was glauben Sie: Was gefällt Ana da Silva an ihrem Beruf nicht? Was wünscht sie sich für ihre Arbeit? Sprechen Sie zu zweit. Die Bildleiste hilft.

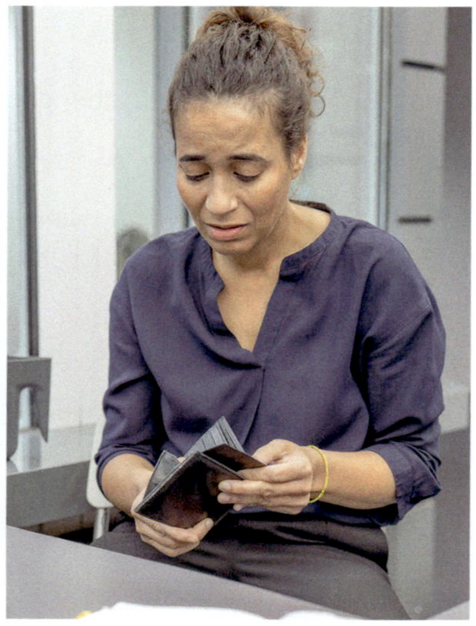

Ich glaube, dass Frau da Silva ihren Job nicht so spannend findet. Wahrscheinlich möchte sie ...

14 **b Haben Sie richtig vermutet? Sehen Sie das Video. Kontrollieren Sie.**

14 **c Was stimmt? Sehen Sie das Video noch einmal und kreuzen Sie an. Mehrere Antworten sind richtig.**

1. Frau da Silva ist unzufrieden, weil ...
   - a ☐ die Arbeit zu früh beginnt.
   - b ☐ sie zu wenig Geld verdient.
   - c ☐ sie keine Freude an der Arbeit hat.
2. Frau da Silva würde gern ...
   - a ☐ neue Erfahrungen sammeln.
   - b ☐ mit den Händen arbeiten.
   - c ☐ eine Weiterbildung machen.
3. Herr Raslan rät Frau da Silva, ...
   - a ☐ mit Frau Kron zu sprechen.
   - b ☐ sich über andere Jobs zu informieren.
   - c ☐ ihre Arbeitsstelle sofort zu kündigen.

d Was glauben Sie: Was wird Ana da Silva in Zukunft machen? Sprechen Sie im Kurs.

Ich glaube, sie wird kündigen.

Das glaube ich nicht, ich denke ...

ausgebildet sein

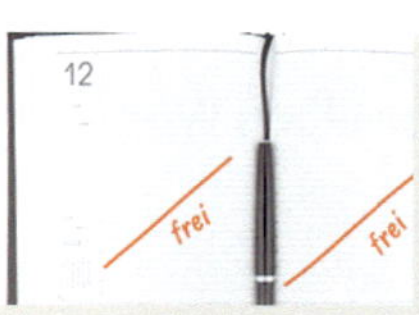

halbtags arbeiten

sich weiterbilden

der Lohn

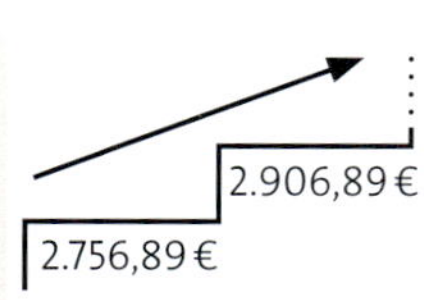

die Lohnerhöhung

Lernziele: über Probleme im Beruf sprechen • über Pläne sprechen und diese begründen • höfliche Vorschläge machen •

2 Sie sollten nach einer Weiterbildung fragen.

14

a Was empfiehlt Tarek Raslan? Sehen Sie das Video noch einmal. Ordnen Sie.

- [ ] Sie sollten nach einer Weiterbildung fragen.
- [ ] Wie wäre es, wenn Sie in Teilzeit arbeiten würden?
- [ ] Sie müssten nach einer anderen Stelle suchen.
- [ ] Ich würde vorschlagen, dass Sie sich ein paar Stellenanzeigen ansehen.
- [ ] Sie könnten um eine Lohnerhöhung bitten.

b Was passt? Ergänzen Sie aus a.

höfliche Vorschläge und Ratschläge mit Konjunktiv II

Sie ________________ um eine Lohnerhöhung bitten.
(Das ist möglich.)

Sie ________________ nach einer Weiterbildung fragen.
(Das ist wichtig.)

Dann ________________ Sie nach einer anderen Stelle suchen.
(Das ist nötig.)

ich müsste	wir müssten
du müsstest	ihr müsstet
er/sie/es müsste	sie/Sie müssten

auch: könnte, könntest, ...
aber: sollte, solltest ...

c Eine Freundin hat viel Stress in ihrem Beruf. Was würden Sie ihr sagen? Sammeln Sie in Gruppen. Die Redemittel in b helfen.

öfter Pausen machen • mit dem Chef reden • Aufgaben abgeben • den Job kündigen • die Abteilung wechseln • öfter Nein sagen • Arbeitszeit reduzieren • in Teilzeit arbeiten • ...

Du solltest/könntest/müsstest ...
Wie wäre es, wenn ...
Ich würde vorschlagen, dass ...

Du solltest ...

3 Ich bin unzufrieden mit meinem Job.

a Zu welchem Problem brauchen Sie einen Rat? Arbeiten Sie zu viert. Schreiben Sie Ihr Problem auf einen Zettel und geben Sie den Zettel weiter. Die anderen schreiben Vorschläge und Ratschläge.

Ich bin unzufrieden mit meinem Job.
– Du könntest eine Weiterbildung machen.
– Du solltest ...

b Welche Ratschläge oder Vorschläge aus a helfen Ihnen besonders gut? Sprechen Sie in der Gruppe.

ein Team leiten

die Abteilung wechseln

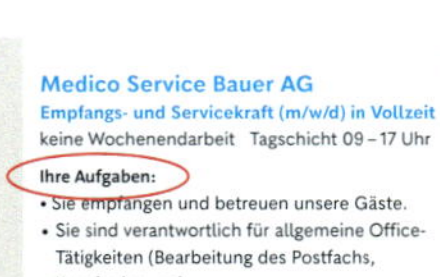

die Tätigkeiten

körperlich arbeiten

die Verantwortung

C Es war einmal ...

1 Ich hätte so gern ...

a Was denken Sie: Welche Reihenfolge ist richtig? Sehen Sie sich die Bilder an und ordnen Sie.

b Haben Sie die Bilder richtig geordnet? Lesen Sie das Märchen und kontrollieren Sie.

Das Märchen vom Fischer und seiner Frau

Es war einmal ein alter Fischer, der mit seiner Frau in einem kleinen Häuschen lebte. Sie waren nicht reich, denn der Fischer brachte nur wenig Fisch nach Hause, aber sie konnten davon leben. Eines Tages fing der alte Fischer einen großen Fisch und als er ihn töten wollte, begann der Fisch zu sprechen. „Bitte töte mich nicht", sagte er zum Fischer und der Fischer antwortete: „Einen Fisch, der sprechen kann, werde ich nicht töten." Und er warf den Fisch wieder ins Wasser und ging nach Hause.

Dort erzählte er seiner Frau von dem seltsamen Fisch und sie sagte: „Und du hast dir nichts gewünscht?" „Nein", sagte der Fischer, „was soll ich mir wünschen? Mir geht es doch gut." Aber die Frau sagte: „Wenn du ihm das Leben geschenkt hast, dann muss er dir einen Gefallen tun. Wir essen täglich nur Fisch – geh wieder ans Wasser und wünsche uns einen großen Garten mit Obstbäumen, Kartoffeln und Gemüse!"

Also ging der Fischer ans Wasser und rief den Fisch. Das Meer war ruhig und blau. Der Fisch kam und grüßte freundlich und der Fischer sagte: „Fisch, meine Frau sagt, du musst uns einen Gefallen tun, weil ich dir das Leben geschenkt habe. Sie hätte gern einen großen Garten." „Gut", sagte der Fisch, „geh nach Hause, sie hat jetzt einen großen Garten." Als der Fischer nach Hause kam, stand da seine Frau und zeigte glücklich auf den Garten, in dem Obst und Gemüse wuchsen. So ging es eine Woche gut, dann sagte die Frau: „Wir leben in einem so kleinen Häuschen – eng und dunkel ist es. Geh zum Fisch und wünsch uns ein großes, schönes Haus!"

Also ging der Fischer wieder ans Wasser und rief nach dem Fisch. Das Meer war dunkel und unruhig. Der Fisch kam und war nicht mehr ganz so freundlich. „Na“, sagte er, „was will sie denn jetzt noch?“ „Ach“, sagte der Fischer, „jetzt hätte sie gern ein großes, schönes Haus.“ „Na gut“, sagte der Fisch, „geh nach Hause, jetzt hat sie ein großes, schönes Haus.“ Als der Fischer nach Hause kam, stand dort ein großes neues Haus mit zwei Stockwerken und die Frau schaute glücklich aus dem Fenster. So lebten sie froh im neuen Haus, aber nach einer Woche sagte die Frau unzufrieden: „Haus und Garten sind schön, aber ich bin eine alte Frau. Wie lange kann ich noch hier leben? Geh noch einmal zum Fisch. Er kann alles, er kann mich auch wieder jung machen. Sag ihm, ich wäre gern wieder die junge Frau, die ich mit 20 war.“ Der Fischer schüttelte den Kopf, aber er tat, was sie wollte.

Als er ans Wasser kam, rief er den Fisch. Das Meer war schwarz und stürmisch. Der Fisch kam und fragte unfreundlich: „Na, was will sie denn noch?“ „Ach, Fisch“, sagte der Fischer, „sie wäre gern wieder die junge Frau, die sie mit 20 war.“ Da lachte der Fisch böse und sagte: „Geh nur nach Hause, jetzt ist sie wieder 20.“ Als der Fischer nach Hause kam, stand da eine junge Frau auf einer Wiese und weinte – kein Haus und kein Garten waren zu sehen. „Was hast du getan“, rief sie, „jetzt bin ich wieder jung, aber ärmer als vorher!“ „So ist das leider“, sagte der Fischer, „wenn man zu viel will, verliert man oft alles.“

c Arbeiten Sie zu zweit. Wählen Sie eine Aufgabe (A oder B). Die App hilft.

A	B
Lesen Sie das Märchen noch einmal. Schreiben Sie fünf Fragen zum Märchen.	Worum geht es in dem Märchen? Lesen Sie noch einmal. Schreiben Sie fünf Sätze.

d Arbeiten Sie mit einem anderen Paar. Tauschen Sie Ihre Fragen und Ihre Sätze. Beantworten Sie die Fragen und kontrollieren Sie die Sätze.

e Was ändert sich durch den letzten Wunsch und warum? Sprechen Sie im Kurs.

Die Frau hat gesagt, sie wäre gerne wieder jung. Als der Fisch diesen Wunsch erfüllt hat, ...

f Was sagt uns das Märchen? Wie finden Sie das? Sprechen Sie in Gruppen.

Das Märchen sagt uns, dass ...

Ja, man kann aus dem Märchen lernen, dass ...

g Kennen Sie ein ähnliches Märchen oder eine ähnliche Geschichte? Sprechen Sie im Kurs.

2 Ach, Fisch ...

a Arbeiten Sie zu viert. Wählen Sie eine Rolle (A, B, C oder D). Ihre Partner/-innen wählen die anderen Rollen. Markieren Sie im Text, was Ihre Person sagt.

Erzähler/-in A

Fischer B

Frau C

Fisch D

b Spielen Sie das Märchen zu viert.

D Können Sie es noch?

1 Das habe ich gelernt.

Spielen Sie zu viert.

Würfeln Sie und bewegen Sie Ihre Figur. Lösen Sie die Aufgabe.

Richtig? Sie dürfen stehen bleiben.

Falsch? Gehen Sie zurück.

START

Wozu braucht man die Dinge?
Sagen Sie zwei Sätze.

Den Stift braucht man ...

2
Ergänzen Sie die Sätze.

Als ich 16 war, ...

Jedes Mal wenn ich mich verliebe, ...

3
Ergänzen Sie die Sätze.

Es macht mir Spaß, ...

Ich finde es schwierig, ...

Ich versuche immer, ...

4
Antworten Sie mit *nicht brauchen zu.*

Soll ich kochen?
Soll ich einkaufen?
Soll ich dich heute anrufen?

5
Wählen Sie einen Beruf. Was ist anstrengend oder stressig? Und was macht glücklich? Antworten Sie in drei Sätzen.

6
Für welche Nachrichtenthemen interessieren Sie sich und warum?

Ich interessiere mich für ..., weil ...

7
Ärgern Sie sich oft über das Wetter? Interessieren Sie sich für Politik? Antworten Sie mit *da(r).*

Ja/Nein, da(r)...

8
Sagen Sie im Perfekt:
Er ging nach Hause und rief seine Freunde an.

9
Die Antwort ist:
Es geht um eine Wissenschaftlerin.
Wie fragt man?

10
Sie haben etwas gelesen. Es war interessant und lustig. Ergänzen Sie den Satz.

Ich habe etwas ... gelesen.

11
Wie und wo wohnen Sie? Antworten Sie in drei Sätzen.

12
Ich finde, dass Väter in Elternzeit gehen sollten.
Wie ist Ihre Meinung? Reagieren Sie.

13
Was haben Sie heute schon gemacht? Sprechen Sie.

Schuhe anziehen / Haare kämmen / Hände waschen

14
Wie heißen die Nomen? Sprechen Sie.

gesund: die Gesundheit
schön: ...
höflich: ...
diskutieren: ...

15
In der Innenstadt sollten keine Autos fahren.
Nennen Sie zwei Argumente dafür oder dagegen.

16
Wie wird die Zukunft sein? Sagen Sie drei Sätze mit *werden.*

In der Zukunft ...

Lernziele: Wiederholung von wichtigen Themen und Strukturen

2 Alles klar? Wollen Sie mehr üben?

a **Was hat Ihnen gefallen? Was war schwer? Was war leicht? Sprechen Sie im Kurs.**

b **Wiederholen Sie und üben Sie in der App. Wählen Sie A (leichte Übungen) oder B (schwere Übungen).**

17
Was ist in einem Verbandkasten? Nennen Sie drei Dinge.

18
Verbinden Sie die Wörter mit dem Genitiv:
Ort – Unfall
Name – Frau

19
Was dürfen Sie bei einer Panne (nicht) tun? Antworten Sie mit *nicht ..., sondern ...*

20
frisch – gesund – lecker: Sagen Sie drei Sätze im Superlativ.
Das ... Obst gibt es in/auf ...

21
Ergänzen Sie die Sätze.
Ich esse das nicht, obwohl ...
Ich trinke das gerne, obwohl ...

22
Was wird beim Arzt gemacht? Antworten Sie in zwei Sätzen. Benutzen Sie das Passiv.

23
Wie darf/muss/soll das Medikament eingenommen werden? Sprechen Sie.
ab 12 Jahren,
3x täglich,
mit Wasser

24
Ein Freund hat Angst vor der Führerscheinprüfung. Was sagen Sie? Beruhigen Sie ihn.

25
Wem vertrauen Sie? Wen schätzen Sie? Bilden Sie zwei Relativsätze.
... ist ein Mensch, ...

26
Was bedeutet *arbeitslos* und was *sinnlos*? Erklären Sie.

27
Was würden Sie gern machen? Antworten Sie in zwei Sätzen.

28
Welche Wünsche haben Sie? Antworten Sie in zwei Sätzen mit *wäre gern* und *hätte gern*.

29
Was wünscht sich der Mann? Ergänzen Sie den Satz.

Er ... , aber leider ...

30
Ich möchte fitter sein.
Machen Sie einen höflichen Vorschlag.
Ich würde vorschlagen, ...

31
Geben Sie zwei höfliche Ratschläge mit *müssen, sollen* oder *können*.
Meine Arbeit macht mir keinen Spaß mehr.
...

ZIEL
Mögen Sie Märchen? Warum (nicht)? Antworten Sie.

TREFFPUNKT

Es ist ein gutes Gefühl, etwas Sinnvolles zu tun!

Ob bei der Betreuung alter Menschen, beim Nachhilfeunterricht für Kinder oder im Sportverein – mehr als 17 Millionen Menschen in Deutschland sind ehrenamtlich tätig. Heute möchten wir einen von ihnen vorstellen: Asif Amiri, ehrenamtlicher Mitarbeiter bei der Tafel.

Herr Amiri, Sie kommen aus Afghanistan und sind seit einem Jahr in Deutschland. Jetzt sind Sie ehrenamtlich tätig. Können Sie uns etwas über Ihre Situation erzählen?

Ja, gerne. Ich bin Arzt, aber ich kann in Deutschland noch nicht als Arzt arbeiten, weil ich zuerst die Fachsprachenprüfung auf dem Niveau C1 bestehen muss. Dafür lerne ich also gerade. Weil ich aber noch Zeit übrig habe, engagiere ich mich ehrenamtlich.

Was hat Sie motiviert, sich zu engagieren?

Das war eine sehr persönliche Entscheidung. Als ich nach Deutschland gekommen bin, gab es viele Menschen, die mich unterstützt haben. Viele von ihnen haben das ehrenamtlich gemacht, in ihrer Freizeit. Ich möchte meine Dankbarkeit zeigen und der Gesellschaft etwas zurückgeben. Deswegen arbeite ich seit einem Jahr ehrenamtlich bei der Tafel.

Wie gefällt Ihnen die Arbeit dort?

Ich mag die Arbeit sehr. Es ist ein gutes Gefühl, etwas Sinnvolles zu tun. Und gleichzeitig ist das Ehrenamt auch bereichernd für mich: Ich habe bei der Tafel viele Menschen kennengelernt und viele interessante Gespräche geführt. Ich konnte mein Deutsch verbessern und habe viel über Deutschland und die Menschen hier gelernt. Diese Erfahrungen werden mir sicher helfen, wenn ich später als Arzt arbeite.

Vielen Dank für das Gespräch, Herr Amiri, und alles Gute für die Zukunft!

1 Es ist ein gutes Gefühl, etwas Sinnvolles zu tun!

a Welche Fragen möchten Sie Herrn Amiri stellen? Lesen Sie die Einleitung. Sammeln Sie in Gruppen.

Warum arbeiten Sie ehrenamtlich?
Wie lange …

1.27 **b Welche Fragen werden (nicht) im Text beantwortet? Hören Sie und lesen Sie. Sprechen Sie in der Gruppe.**

c Projekt. Arbeiten Sie in Gruppen. Wo kann man in Ihrem Ort ehrenamtlich tätig werden? Recherchieren Sie im Internet und präsentieren Sie im Kurs.

Was wünschen sich die Menschen in Deutschland?

Die Wünsche der Menschen in Deutschland sind vielfältig. Welche Wünsche besonders wichtig sind, hängt von der Person, dem Alter und der Lebenssituation ab. Es gibt aber auch Wünsche, die viele Menschen miteinander teilen.

Die meisten Menschen wünschen sich psychische und physische Gesundheit. Die Menschen möchten gesund und fit sein, damit sie ihr Leben genießen können. Besonders bei älteren Menschen steht dieser Wunsch auf Platz 1.

Für jüngere Menschen sind der Beruf und die finanzielle Unabhängigkeit besonders wichtig. Sie möchten einen attraktiven Beruf, sie möchten gut verdienen und sich weiterentwickeln können. Bei jungen Menschen mit Familie steht oft der Wunsch nach mehr Freizeit und mehr Zeit für die Familie im Vordergrund.

Ein Wunsch, der in allen Altersgruppen wichtig ist, ist der Wunsch nach Sicherheit. Die Menschen möchten in einer sicheren und friedlichen Umgebung leben. Sie wünschen sich, dass ihre Familien und Freunde vor Gefahren geschützt sind, damit sie ohne Angst durchs Leben gehen können.

Das Leben mit einer passenden Partnerin oder einem passenden Partner verbringen und gute soziale Beziehungen haben – auch das ist ein Wunsch, den sich Menschen aus allen Altersgruppen gerne erfüllen möchten.

Schaut man auf die Konsumwünsche, sieht man Gemeinsamkeiten, aber auch Unterschiede. Der Wunsch, zu reisen und die Welt zu sehen, steht besonders für ältere Menschen ganz oben auf der Wunschliste. Für jüngere Menschen ist eine eigene Wohnung oder ein eigenes Haus ein Lebenswunsch.

In allen Altergruppen gibt es auch Menschen, die sehr spezielle Wünsche haben. Sie möchten einmal mit einem Fallschirm springen, im Lotto gewinnen, sich eine Jacht kaufen oder ein großes Fest mit vielen Freunden veranstalten. Die Wünsche sind so unterschiedlich wie die Menschen!

Nach: swisslife-select.de und tipp24.de

2 Was wünschen sich die Menschen in Deutschland?

a Was glauben Sie: Was wünschen sich die Menschen in Deutschland? Sehen Sie sich die Fotos an. Sprechen Sie in Gruppen.

b Lesen Sie die Fragen und machen Sie Notizen. Vergleichen Sie dann mit Ihren Ideen in a.

- Welche Wünsche haben Menschen in allen Altersgruppen?
- Welche Wünsche haben vor allem ältere Menschen?
- Welche Wünsche haben vor allem jüngere Menschen?

c Welche Wünsche stehen für Sie auf Platz 1–3? Machen Sie Notizen und vergleichen Sie in der Gruppe.

Grammatik im Überblick

Wörter

Sätze

Unregelmäßige Verben (Liste)

Wörter

1 Verben im Präsens

1.1 Regelmäßige Verben

	kommen	heißen	arbeiten	sammeln
ich	komme	heiße	arbeite	sammle
du	kommst	heißt	arbeitest	sammelst
er/es/sie	kommt	heißt	arbeitet	sammelt
wir	kommen	heißen	arbeiten	sammeln
ihr	kommt	heißt	arbeitet	sammelt
sie/Sie	kommen	heißen	arbeiten	sammeln

▶ A1; A2

1.2 Verben mit Vokalwechsel

	a → ä	*e → ie*	*e → i*	*au → äu*
	fahren	**sehen**	**sprechen**	**laufen**
ich	fahre	sehe	spreche	laufe
du	fährst	siehst	sprichst	läufst
er/es/sie/man	fährt	sieht	spricht	läuft
wir	fahren	sehen	sprechen	laufen
ihr	fahrt	seht	sprecht	lauft
sie/Sie	fahren	sehen	sprechen	laufen

auch:
a → ä: schlafen (du schläfst), tragen (du trägst), einladen (du lädst ein), gefallen (es gefällt), lassen (du lässt), ...
e → ie: lesen (du liest), empfehlen (du empfiehlst), aussehen (du siehst aus), ...
e → i: treffen (du triffst), essen (du isst), helfen (du hilfst), nehmen (du nimmst), geben (du gibst), gelten (es gilt), ...

▶ A1; A2

1.3 Unregelmäßige Verben

	haben	sein	mögen	möchte-	wissen	werden
ich	habe	**bin**	**mag**	möchte	**weiß**	werde
du	**hast**	**bist**	**magst**	möchtest	**weißt**	**wirst**
er/es/sie/man	**hat**	**ist**	**mag**	möchte	**weiß**	**wird**
wir	haben	**sind**	mögen	möchten	wissen	werden
ihr	habt	**seid**	mögt	möchtet	wisst	werdet
sie/Sie	haben	**sind**	mögen	möchten	wissen	werden

▶ A1; A2

Grammatik im Überblick

1.4 Trennbare Verben

auf|machen — er macht ... auf

		Position 2		Satzende
	Karim	macht	die Tür	auf.
W-Frage:	Wann	kaufst	du	ein?
Ja-/Nein-Frage:		Kaufst	du gern	ein?
Perfekt:	Karim	hat	Martina	angerufen.
Imperativ:		Ruf	bitte Martina	an!

auch: an|ziehen, auf|räumen, ein|nehmen, los|fahren, statt|finden, vor|bereiten, ...

▶ A1

1.5 Modalverben

	können	müssen	dürfen	wollen	sollen
ich	**kann**	**muss**	**darf**	**will**	**soll**
du	**kannst**	**musst**	**darfst**	**willst**	**sollst**
er/es/sie/man	**kann**	**muss**	**darf**	**will**	**soll**
wir	können	müssen	dürfen	wollen	sollen
ihr	könnt	müsst	dürft	wollt	sollt
sie/Sie	können	müssen	dürfen	wollen	sollen

	Position 2 Modalverb		Satzende Infinitiv	
Felix	kann	Musik	organisieren.	*= Das ist möglich.*
Ana	kann	gut Deutsch	sprechen.	*= Sie hat es gelernt.*
Ich	muss	heute	arbeiten.	*= Es ist notwendig.*
Man	darf	im Bahnhof (nicht)	rauchen.	*= Es ist verboten/erlaubt.*
Sie	will	ein Kleid	nähen.	*= Sie möchte etwas sehr.*
Ingo	soll	zu Hause	bleiben.	*= Jemand anders will das.*

▶ A1

1.6 Infinitiv mit *zu*

		Satzende
Ich empfehle Ihnen,	grünen Tee	zu trinken.
Ich habe immer Angst,	nicht pünktlich	zu kommen.
Ich finde es wichtig,	alles rechtzeitig	vorzubereiten.
Es war schwer für mich,	wach bleiben	zu müssen.

auch: Es macht mir (keinen) Spaß, ...
Es ist gut/schlecht/leicht/wichtig, ...
Ich habe Lust/Zeit, ...
Ich mag/hasse es, ...
Ich schlage vor, ...
Ich plane/versuche, ...

▶ B1: Kapitel 2

1.7 *nicht brauchen zu* + Infinitiv

Die Eltern **brauchen nicht** für das Picknick **zu** zahlen.
= Die Eltern müssen nicht für das Picknick zahlen.

Die Eltern **brauchen kein** Essen mit**zu**geben.
= Die Eltern müssen kein Essen mitgeben.

▶ B1: Kapitel 2

1.8 Imperativ

Imperativ mit *Sie*

Sie schlafen viel. → Schlafen Sie viel!

Schlafen	Sie	viel!	
Atmen	Sie	tief	**ein**!

Imperativ mit *du, ihr*

~~Du~~ geh**st** zum Bäcker. → Geh zum Bäcker!

Geh	bitte zum Bäcker!	
Bring	ein paar Getränke	**mit**!
! **Fahr**	zum Supermarkt!	
Hab	Spaß!	
Sei	so nett!	

~~Ihr~~ geht zum Bäcker. → Geht zum Bäcker!

Geht	bitte zum Bäcker!	
Bringt	ein paar Getränke	**mit**!
Fahrt	zum Supermarkt!	
Habt	Spaß!	
Seid	so nett!	

► A1

2 Verben: Vergangenheit

2.1 Präteritum

	sein	**haben**	**wollen**	**können**	**müssen**	**werden**
ich	**war**	hat**te**	woll**te**	konn**te**	muss**te**	wurd**e**
du	**warst**	hat**test**	woll**test**	konn**test**	muss**test**	wurd**est**
er/es/sie/man	**war**	hat**te**	woll**te**	konn**te**	muss**te**	wurd**e**
wir	**waren**	hat**ten**	woll**ten**	konn**ten**	muss**ten**	wurd**en**
ihr	**wart**	hat**tet**	woll**tet**	konn**tet**	muss**tet**	wurd**et**
sie/Sie	**waren**	hat**ten**	woll**ten**	konn**ten**	muss**ten**	wurd**en**
			auch: sollen		*auch:* dürfen	

	regelmäßige Verben	**unregelmäßige Verben**
	sagen	**sprechen**
ich	sag**te**	spr**a**ch
du	sag**test**	spr**a**ch**st**
er/es/sie/man	sag**te**	spr**a**ch
wir	sag**ten**	spr**a**ch**en**
ihr	sag**tet**	spr**a**ch**t**
sie/Sie	sag**ten**	spr**a**ch**en**

!

bringen – **brachte**
denken – **dachte**
kennen – k**a**nn**te**
wissen – w**u**ss**te**

Das Präteritum findet man in der geschrieben Sprache. In der gesprochenen Sprache nutzt man in der Regel das Perfekt. Die Modalverben und *sein* und *haben* benutzt man fast immer im Präteritum.

Alle unregelmäßigen Formen finden Sie in der Liste am Ende vom Grammatik-Anhang.

► A1; A2; B1: Kapitel 3

2.2 Perfekt

Perfekt mit *haben* und *sein*

	Position 2 ***haben / sein***		**Satzende Partizip II**
Karim	hat	Anzeigen im Internet	gelesen.
Karim	ist	zehn Jahre zur Schule	gegangen.

Die meisten Verben bilden das Perfekt mit *haben*.
Verben mit Bewegung (z. B. *gehen, kommen*) und die Verben *bleiben, werden* und *passieren* bilden das Perfekt mit *sein*.

Partizip II

regelmäßig		**unregelmäßig**	
ge...(e)t	*...ge...(e)t*	*ge...en*	*...ge...en*
sie/er hat **ge**mach**t**	sie/er hat auf**ge**hör**t**	sie/er hat **ge**gess**en**	sie/er hat an**ge**ruf**en**
sie/er hat **ge**arbeit**et**	sie/er hat ab**ge**hol**t**	sie/er ist **ge**blieb**en**	sie/er ist mit**ge**gang**en**
Verben auf *-ieren*	**Verben mit *be-*, *er-*, *ver-***		
...t	*...t*	*...en*	
es ist passier**t**	sie/er hat begrüß**t**	sie/er hat bekomm**en**	
sie/er hat organisier**t**	sie/er hat erklär**t**	sie/er hat erhalt**en**	
	sie/er hat verkauf**t**	sie/er hat verstand**en**	

! kennen – gekannt, wissen – gewusst, (mit)bringen – mitgebracht

Alle unregelmäßigen Formen finden Sie in der Liste am Ende vom Grammatik-Anhang.

▶ A1; A2

3 Verben: Zukunft

3.1 Präsens

Morgen scheint die Sonne.
Wenn man im Präsens über die Zukunft spricht, ist eine Zeitangabe nötig, z. B. *morgen*, *nächste Woche*, *am Mittwoch*, später,...

▶ A1; B1: Kapitel 5

3.2 Futur I

	Position 2 *werden*		**Satzende Infinitiv**
Die Temperaturen	werden	in den nächsten Jahren	steigen.
Es	wird	öfter Überschwemmungen	geben.

Man benutzt das Futur I, wenn man über die Zukunft spricht oder Vermutungen äußert.

▶ B1: Kapitel 5

4 Konjunktiv II

4.1 Konjunktiv II von *haben*, *sein* und den Modalverben

	sein	**haben**	**können**	**sollen**	**müssen**
ich	wäre	hätte	könnte	sollte	müsste
du	wär(e)st	hättest	könntest	solltest	müsstest
er/es/sie/man	wäre	hätte	könnte	sollte	müsste
wir	wären	hätten	könnten	sollten	müssten
ihr	wär(e)t	hättet	könntet	solltet	müsstet
sie/Sie	wären	hätten	könnten	sollten	müssten

▶ B1: Kapitel 10

4.2 Wünsche mit Konjunktiv II

***würde- gern* + Infinitiv**

	Position 2		Satzende
Merlin	würde	**gern** im Zirkus	arbeiten.
Wir	würden	**gern** Informatik	studieren.

auch: Merlin würde lieber / am liebsten im Zirkus arbeiten.

ich	würde
du	würdest
er/sie/es/man	würde
wir	würden
ihr	würdet
sie/Sie	würden

wäre- gern / hätte- gern

Ich	wäre	**gern** reich.
Ich	hätte	**gern** mehr Freizeit.

auch: Ich wäre lieber / am liebsten reich. Ich hätte lieber / am liebsten mehr Freizeit.

▶ B1: Kapitel 10

4.3 Höfliche Vorschläge und Ratschläge mit Konjunktiv II

	Position 2		Satzende	
Du	könntest	um eine Lohnerhöhung	bitten.	*= Das ist möglich.*
Sie	sollten	nach einer Weiterbildung	fragen.	*= Das ist wichtig.*
Dann	müssten	Sie nach einer anderen Stelle	suchen.	*= Das ist nötig.*

▶ B1: Kapitel 10

5 Passiv

5.1 Passiv Präsens

	Position 2 ***werden***		Satzende **Partizip II**
Der Blutdruck	wird		gemessen.
Das Blut	wird	im Labor	untersucht.
Heute	wird	ein Ultraschall	gemacht.

! *Aktiv:* Eine Pflegerin misst den Blutdruck. *Passiv:* Der Blutdruck wird (von einer Pflegerin) gemessen.

▶ B1: Kapitel 8

5.2 Passiv Präsens mit Modalverben

	Position 2 **Modalverben**		Satzende **Partizip II + *werden***
Das Medikament	kann	bei Schmerzen	angewendet werden.
Das Medikament	darf	stündlich	eingenommen werden.
Die Tabletten	sollen	mit Wasser	eingenommen werden.

▶ B1: Kapitel 8

5.3 Passiv Präteritum

	Position 2 ***wurde-***		Satzende **Partizip II**
Der Zahn	wurde	schon einmal	behandelt.
Die Zähne	wurden	regelmäßig	untersucht.

▶ B1: Kapitel 8

Grammatik im Überblick

6 Verben mit Ergänzungen

6.1 Verben mit Akkusatidi

- **Kaufst** du einen Tisch?
- Nein, ich **habe** schon einen Tisch. Aber ich **brauche** ein Bett.

auch: anrufen, besuchen, möchte-, nehmen, es gibt, kennen, ...

▶ A1

6.2 Verben mit Dativ

Der Betriebsrat muss dem Dienstplan zustimmen.
Der Betriebsrat kann der Kollegin helfen.

auch: antworten, gefallen, gehören, vertrauen, widersprechen, ...

▶ A1; B1: Kapitel 9

6.3 Verben mit Dativ und Akkusativ

Nino Arabuli **zeigt** ihrem Mann die Anzeige.
Die Bank **gibt** ihnen einen Kredit.

auch: leihen, schenken, schicken, kaufen, ...

▶ A2

6.4 Verben mit Präpositionen

Präpositionen mit Akkusativ

- **Worauf** freust du dich?
- Ich freue mich **auf** das Fest.
- **Darauf** freue ich mich auch!

auch: sich vorbereiten auf, sich freuen über, (sich) informieren über, sprechen über, sich interessieren für, ...

Präpositionen mit Dativ

- **Wovon** träumst du?
- **Von** einem guten Job.
- **Davon** träume ich auch.

auch: fragen nach, teilnehmen an, ...

Fragewort für Sachen: wo(r) + Präposition: Wofür?, Wovon?, Wonach?, ...
Wenn die Präposition mit einem Vokal beginnt: Wo**r**auf?, Wo**r**über?, Wo**r**um?, ...

Fragewort für Personen: Präposition + Fragewort: Für wen?, Von wem?, ...

▶ A2; B1: Kapitel 3

6.5 Reflexive Verben

Reflexivpronomen im Akkusativ

Ich	wasche **mich**.
Du	wäschst **dich**.
Er/Es/Sie/Man	wäscht **sich**.
Wir	waschen **uns**.
Ihr	wascht **euch**.
Sie/Sie	waschen **sich**.

auch: sich beeilen, sich entspannen, sich (gut/schlecht) fühlen, sich verabreden, ...

▶ A2; B1: Kapitel 4

Reflexivpronomen im Dativ

Ich	wasche **mir**	die Hände.
Du	wäschst **dir**	die Hände.
Er/Es/Sie/Man	wäscht **sich**	die Hände.
Wir	waschen **uns**	die Hände.
Ihr	wascht **euch**	die Hände.
Sie/Sie	waschen **sich**	die Hände.

auch: sich die Haare kämmen, sich etwas anziehen, sich etwas ausziehen, sich die Zähne putzen, ...

7.1 Nominativ, Akkusativ, Dativ, Genitiv

	maskulin	neutral	feminin	Plural
Nominativ				
definit	der Vater	das Kind	die Mutter	die Brüder
indefinit	ein Vater	ein Kind	eine Mutter	– Brüder
kein	kein Vater	kein Kind	keine Mutter	keine Brüder
Akkusativ				
definit	den Vater	das Kind	die Mutter	die Brüder
indefinit	einen Vater	ein Kind	eine Mutter	– Brüder
kein	keinen Vater	kein Kind	keine Mutter	keine Brüder
Dativ				
definit	dem Vater	dem Kind	der Mutter	den Brüdern
indefinit	einem Vater	einem Kind	einer Mutter	– Brüdern
kein	keinem Vater	keinem Kind	keiner Mutter	keinen Brüdern
Genitiv				
definit	des Vaters	des Kindes	der Mutter	der Brüder
indefinit	eines Vaters	eines Kindes	einer Mutter	! von Brüdern
kein	keines Vaters	keines Kindes	keiner Mutter	keiner Brüder

▶ A1; B1: Kapitel 6

7.2 Possessivartikel

Personalpronomen	ich	du	er/es	sie	wir	ihr	sie	Sie
Possessivartikel	mein	dein	sein	ihr	unser	euer	ihr	Ihr

	maskulin	neutral	feminin	Plural
Nominativ	mein Vater	mein Kind	meine Mutter	meine Brüder
Akkusativ	meinen Vater	mein Kind	meine Mutter	meine Brüder
Dativ	meinem Vater	meinem Kind	meiner Mutter	meinen Brüdern
Genitiv	meines Vaters	meines Kindes	meiner Mutter	meiner Brüder

▶ A1; B1: Kapitel 6

8 Adjektive

	maskulin	neutral	feminin	Plural
Nominativ				
definit	der große Topf	das neue Besteck	die kleine Vase	die weißen Kerzen
indefinit	ein großer Topf	ein neues Besteck	eine kleine Vase	– weiße Kerzen
kein	kein großer Topf	kein neues Besteck	keine kleine Vase	keine weißen Kerzen
Null-Artikel	– großer Topf	– neues Besteck	– kleine Vase	– weiße Kerzen
Akkusativ				
definit	den großen Topf	das neue Besteck	die kleine Vase	die weißen Kerzen
indefinit	einen großen Topf	ein neues Besteck	eine kleine Vase	– weiße Kerzen
kein	keinen großen Topf	kein neues Besteck	keine kleine Vase	keine weißen Kerzen
Null-Artikel	– großen Topf	– neues Besteck	– kleine Vase	– weiße Kerzen

Grammatik im Überblick

Dativ

definit	dem großen Topf	dem neuen Besteck	der kleinen Tasche	den weißen Kerzen
indefinit	einem großen Topf	einem neuen Besteck	einer kleinen Tasche	– weißen Kerzen
kein	keinem großen Topf	keinem neuen Besteck	keiner kleinen Tasche	keinen weißen Kerzen
Null-Artikel	– großem Topf	– neuem Besteck	– kleiner Tasche	– weißen Kerzen

Genitiv

definit	des großen Topfes	des neuen Bestecks	der kleinen Tasche	der weißen Kerzen
indefinit	eines großen Topfes	eines neuen Bestecks	einer kleinen Tasche	– weißer Kerzen
kein	keines großen Topfes	keines neuen Bestecks	keiner kleinen Tasche	keiner weißen Kerzen
Null-Artikel	– großen Topfes	– neuen Bestecks	– kleiner Tasche	– weißer Kerzen

▶ A2; B1: Kapitel 4, 6

9 Pronomen

9.1 Personalpronomen

Nominativ	ich	du	er	es	sie	wir	ihr	sie	Sie
Akkusativ	mich	dich	ihn	es	sie	uns	euch	sie	Sie
Dativ	mir	dir	ihm	ihm	ihr	uns	euch	ihnen	Ihnen

▶ A1

9.2 *Welcher? – Dieser. / Der.*

Nominativ

maskulin	**neutral**	**feminin**	**Plural**	
Welcher Mantel	Welches T-Shirt	Welche Hose	Welche Schuhe	gefällt/gefallen dir?
Dieser Mantel.	Dieses T-Shirt.	Diese Hose.	Diese Schuhe.	
Der in Blau.	Das in Grün.	Die in Rot.	Die in Braun.	

Akkusativ

maskulin	**neutral**	**feminin**	**Plural**	
Welchen Mantel	Welches T-Shirt	Welche Hose	Welche Schuhe	nimmst du?
Diesen Mantel.	Dieses T-Shirt.	Diese Hose.	Diese Schuhe.	
Den in Blau.	Das in Grün.	Die in Rot.	Die in Braun.	

Dativ

maskulin	**neutral**	**feminin**	**Plural**	
Von welchem Mantel	Von welchem T-Shirt	Von welcher Hose	Von welchen Schuhen	sprichst du?
Von diesem Mantel.	Von diesem T-Shirt.	Von dieser Hose.	Von diesen Schuhen.	
Vom dem in Blau.	Von dem in Grün.	Von der in Rot.	Von denen in Braun.	

▶ A1; A2; B1

10.1 Lokale Präpositionen

Woher?	aus	Ich komme **aus** Berlin.	*Stadt, Ort*
		Ich komme **aus** Bulgarien.	*Land*
		(!) Ich komme **aus** dem Irak / **aus** der Türkei / **aus** den USA.	
Wo?	bei	Ich arbeite **bei** Aldi.	*Firma*
		Ich bin noch **beim** Arzt.	*Person*
	in	Ich wohne **in** München.	*Stadt, Ort*
		Ich wohne **in** Deutschland.	*Land*
		(!) Ich wohne **im** Irak / **in** der Türkei / **in** den USA.	
		Ich arbeite **in** der Apotheke.	*Gebäude*
		München liegt **im** Süden (von Deutschland).	*Himmelsrichtung*
	gegenüber von	Die Post ist **gegenüber von** der Bank.	*Gebäude*
		Ich warte **gegenüber vom** Bahnhof.	*Gebäude, Ort*
Wohin?	nach	Morgen fahre ich **nach** Leipzig.	*Stadt, Ort*
		Ich bin **nach** Österreich geflogen.	*Land*
	zu	Wann gehst du **zum** Arzt?	*Person*
		Ich muss noch **zur** Bank gehen.	*Gebäude*
		Wie komme ich **zum** Bahnhof?	*Gebäude, Ort*
Wie?	an ... vorbei	Ich fahre **an** der Bank **vorbei**.	*Gebäude*
		Ich gehe schnell **an** ihm **vorbei**.	*Person*
	durch	Ich fahre **durch** Berlin/Deutschland.	*Stadt, Land*
		Ich fahre **durch** das Zentrum.	*Ort*
	über	Ich fahre **über** die Brücke.	*Ort*
		Ich fahre **über** Hamburg.	*Stadt, Ort*

► A1; A2

10.2 Temporale Präpositionen

Wann?	an	Ich frühstücke **am** Morgen nicht.	*Tageszeit*
		(!) Ich schlafe **in** der Nacht.	
		Am Montag habe ich Deutschkurs.	*Wochentage*
		Ich habe **am** 8. Mai Geburtstag.	*Datum*
	um	Meine Arbeit fängt **um** 8 Uhr an.	*Uhrzeit*
	in	**Im** Sommer besuche ich meine Familie.	*Jahreszeit*
		Ich habe **im** August Geburtstag.	*Monate*
	von ... bis	Ich habe **von** 9:30 Uhr **bis** 10 Uhr Pause.	
		Von Montag **bis** Mittwoch habe ich frei.	
	zwischen	Ich rufe dich **zwischen** 8 und 9 Uhr an.	
	ab	Das Geschäft hat **ab** 10 Uhr geöffnet.	
	seit	Ich mache **seit** elf Monaten den A2-Kurs.	
	vor	Ich habe **vor** einem Jahr den A1-Kurs gemacht.	
		Muss ich die Tabletten **vor** dem Essen nehmen?	
		Es ist zehn **vor** zwölf.	

nach	Nehmen Sie die Tabletten **nach** dem Essen.
	Es ist zehn **nach** zwölf.
in	Ich mache **in** einem Monat die B1-Prüfung.
innerhalb	Bitte melden Sie sich **innerhalb** einer Woche.
innerhalb von	Es passierte **innerhalb von** Sekunden.
außerhalb	Sie rufen **außerhalb** der Gesprächszeiten an.

▶ A1; B1: Kapitel 6

10.3 Präpositionen mit Dativ

Ich gehe **aus** dem Haus.
Ich bin noch **beim** Arzt.
Ich fahre **mit** dem Fahrrad.
Ich jogge **nach** der Arbeit.
Seit einem Monat wohne ich hier.
Das ist das Auto **von** meiner Frau.
Ich gehe heute **zum** Arzt.

▶ A1; A2

10.4 Präpositionen mit Akkusativ

Ich suche ein Geschenk **für** meinen Sohn.
Ich fahre **um** die Ecke.
Ich fahre **durch** einen Tunnel.
Ich komme **ohne** meine Kinder.
Ich bin **gegen** einen Baum gefahren.

▶ A1; A2

10.5 Wechselpräpositionen

Wo?

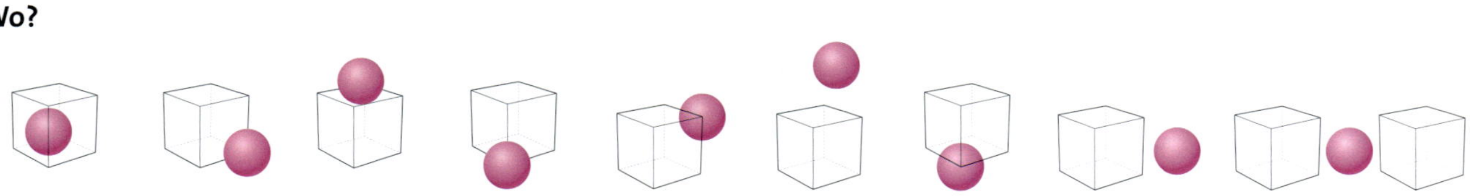

in an auf vor hinter über unter neben zwischen

Die Lampe steht neben **dem** Tisch / **dem** Sofa / **der** Tür / **den** Stühlen.

Wohin?
Ich stelle die Lampe neben **den** Tisch / **das** Sofa / **die** Tür / **die** Stühle.

▶ A1; A2

10.6 Modale Präpositionen

als *(Nominativ)*	Karim arbeitet **als** Verkäufer.
aus *(Dativ)*	Der Tisch ist **aus** Holz.
für *(Akkusativ)*	Was ist wichtig **für** dich?
mit *(Dativ)*	Fährst du jeden Tag **mit** dem Bus?
	Ich mag Pizza **mit** Käse und Salami.
ohne *(Akkusativ)*	Ich trinke Kaffee immer **ohne** Milch.
von *(Dativ)*	Wie heißt die Mutter **von** Samira?

▶ A1; A2

11 Komparation

11.1 Komparativ und Superlativ

	Komparativ	Superlativ
gern	**lieber**	**am liebsten**
gut	**besser**	**am besten**
viel	**mehr**	**am meisten**
schnell	schnell**er**	**am** schnell**sten**
jung	jüng**er**	**am** jüng**sten**
teuer	teu**rer**	**am** teuer**sten**

❗ älter – am ältesten; größer – am größten, länger – am längsten, kürzer – am kürzesten, ...

Meine Schwester ist größer **als** ich.

❗ Ich bin **genauso** groß **wie** mein Bruder.

▶ A2; B1: Kapitel 7

11.2 Adjektive im Superlativ vor dem Nomen

Das ist **die** bequem**ste** Möglichkeit einzukaufen.
Die schwer**sten** Sachen lasse ich liefern.
Adjektive im Superlativ werden vor dem Nomen dekliniert. Für die Adjektivdeklination sehen Sie bitte „8 Adjektive".

▶ B1: Kapitel 7

12 Wortbildung

12.1 Nomen + Nomen (Komposita)

der Milch**kaffee** **das** Mittag**essen** **die** Tomaten**suppe**

▶ A1; A2

12.2 Nomen auf *-ung, -heit, -keit* und *-ion*

die Anmeld**ung**, **die** Gesund**heit**, **die** Abhängig**keit**, **die** Diskuss**ion**

▶ A2; B1: Kapitel 5

12.3 Adjektive mit *un-*

freundlich – **un**freundlich, höflich – **un**höflich, ordentlich – **un**ordentlich

▶ A2

12.4 Adjektive mit *-los*

Er hat keine Arbeit.	= Er ist arbeits**los**.
Das ergibt keinen Sinn.	= Das ist sinn**los**.
Es gab in der Situation keine Hoffnung.	= Die Situation war hoffnungs**los**.

auch: hilflos, kostenlos, erfolglos, ...

▶ B1: Kapitel 9

12.5 *zum* + Verb als Nomen

Der Chip ist **zum K**opieren. = *Mit dem Chip kann man kopieren.*

▶ B1: Kapitel 1

12.6 Datum (Ordinalzahlen)

Der Termin ist **am**	**ersten**/zwei**ten**/**dritten**/vier**ten**/.../**siebten**/**achten**/... zwanzig**sten**/dreißig**sten**/einunddreißig**sten**/... Juni.	*(1–19 + **-ten**)* *(20–... + **-sten**)*
Der Termin ist **am**	**ersten** Sech**sten**.	
Heute ist **der**	**erste**/zwei**te**/... Mai. zwanzig**ste**/dreißig**ste**/... Mai.	*(1–19 + **-te**)* *(20–... + **-ste**)*
Heute ist **der**	**erste** Fünf**te**.	

▶ A1; A2

Sätze

1 Aussagesätze

1.1 Satzklammer

	Position 2		Satzende	
Karim	arbeitet	als Verkäufer.		
Er	ruft	Martina	an.	*trennbare Verben*
Er	kann	nicht	arbeiten.	*Modalverben*
Er	hat	gestern lange	gearbeitet.	*Perfekt*
Es	wird	öfter	regnen.	*Futur I*
Das Blut	wird	im Labor	untersucht.	*Passiv*

▶ A1; B1: Kapitel 8

1.2 Inversion

Er	kann	heute nicht	arbeiten.
Heute	kann	er nicht	arbeiten.

▶ A1

2 Fragesätze

2.1 W-Fragen

Wie	heißen	Sie?		Ich heiße Martina Schmittke.
Woher	kommen	Sie?		Ich komme aus Deutschland.
Wo	wohnen	Sie?		Ich wohne in Berlin.
Was	essen	Sie gern?		Ich esse gern Fisch und Reis.
Wen	rufen	Sie	an?	Ich rufe meinen Freund Peter an.
Wann	müssen	Sie	arbeiten?	Ich arbeite von 7 bis 18 Uhr.
Wohin	sind	Sie gestern	gefahren?	Ich bin nach Hause gefahren.

▶ A1

2.2 Ja-/Nein-Fragen

	Arbeitest	du heute?		Nein, ich habe frei.
	Hast	du jetzt Zeit?		Ja, ich habe Zeit.
	Kommst	du heute	mit?	Ja, gern.
	Willst	du Tischtennis	spielen?	Nein, ich habe keine Lust.
	Hast	du Felix gestern	getroffen?	Ja, im Park.

▶ A1

2.3 Höfliche Fragen und Bitten

Könnten	Sie mir bitte	helfen?	Ja, gern.
Könntest	du das Wort	erklären?	Gern. Das bedeutet ...
Würden	Sie das bitte	wiederholen?	Ja. ...
Würdest	du mir das Buch	zeigen?	Tut mir leid, ich habe es nicht.

▶ A1

2.4 Indirekte Fragen

Ich weiß nicht,	**wie**	sie	heißt.	Sie heißt Martina Schmittke.
Ich möchte gerne wissen,	**woher**	sie	kommt.	Sie kommt aus Deutschland.
Können Sie mir sagen,	**wo**	sie	wohnt?	Sie wohnt in Berlin.
Weißt du,	**ob**	sie Zeit	hat?	Nein, leider nicht.
Kannst du mir sagen,	**ob**	du heute	kommst?	Ja, ich komme heute.
Ich möchte wissen,	**ob**	das erlaubt	ist.	Ja, das ist erlaubt.

▶ A2

3 *Ja, nein, doch*

Feierst du heute? Bekommst du Geschenke? → Ja./Nein.

Feierst du heute **nicht**? Bekommst du **keine** Geschenke? → **Doch**. / Nein.

▶ A1

4 Verneinung im Satz

4.1 *kein*

Hier ist ein Tisch.

Hier ist **kein** Tisch.

▶ A1

4.2 *nicht*

- Was machst du beruflich?
- Ich arbeite **nicht**. Ich suche gerade einen Job..
- Hast du gestern gearbeitet?
- Nein, ich habe **nicht** gearbeitet. Ich hatte frei.

▶ A1

5 Sätze verbinden

5.1 *und, oder, aber, denn* und *sondern*

Hauptsatz 1				**Hauptsatz 2**		
	Position 2		**Position 0**		**Position 2**	
Das Wort	ist	sehr lang	**und**	es	ist	kompliziert.
Ich	suche	das Wort im Wörterbuch	**oder**	ich	frage	einen Freund.
Der Freund	erklärt	das Wort,	**aber**	ich	verstehe	es leider nicht.
Wir	brauchen	eine Kinderbetreuung,	**denn**	wir	müssen	arbeiten.
Sie	sollten	**nicht** nervös werden,	**sondern**	(Sie)	(sollten)	ruhig bleiben.

▶ A1; B1: Kapitel 6

5.2 *deshalb, trotzdem*

	Position 1	Position 2	
Das Auto kommt von rechts,	**deshalb**	hat	es Vorfahrt.
Verena ist sehbehindert,	**trotzdem**	treibt	sie Sport.

▶ A2

5.3 Nebensätze

Hauptsatz	Nebensatz		
Ich lerne Georgisch,	**weil**	ich nach Georgien	fahre.
Ich hoffe,	**dass**	ich es schnell	lerne.
Ich komme,	**wenn**	ich Zeit	habe.
Ich mache Sport,	**damit**	ich gesund	bleibe.
Ich esse Fleisch,	**obwohl**	es der Umwelt	schadet.

auch: **Wenn** ich Zeit habe, (dann) komme ich.

▶ A2; B1: Kapitel 7

5.4 Temporale Nebensätze mit *als* und *wenn*

Nebensatz		Hauptsatz	
einmal früher			
Als Zina nach Deutschland	gekommen ist,	war	das Leben schwer für sie.
Als sie im Deutschkurs	war,	hat	sie Filiz kennengelernt.
heute oder mehrmals früher			
(Immer) wenn sie Max	trifft,	kochen	sie zusammen.
(Jedes Mal) wenn Zina	gekocht hat,	waren	alle begeistert.

auch: Zina hat Filiz kennengelernt, **als** sie im Deutschkurs war.

▶ B1: Kapitel 1

5.5 Relativsätze

Nominativ

Ich habe einen Freund, **der** in Berlin wohnt.
Ich kenne ein Kind, **das** nie weint.
Ich arbeite mit einer Kollegin zusammen, **die** immer unhöflich ist.
Es gibt Entscheidungen, **die** schwierig sind.

Akkusativ

Ich habe einen Freund, **den** ich sehr liebe.
Das ist das Kind, **das** ich gestern gesehen habe.
Ich arbeite mit einer Kollegin zusammen, **die** viele nicht mögen.
Das sind Entscheidungen, **die** wir heute treffen müssen.

Dativ

Ich habe einen Freund, **dem** ich vertrauen kann.
Das ist das Kind, **dem** ich gestern begegnet bin.
Das ist die Kollegin, **der** der Betriebsrat geholfen hat.
Das sind Entscheidungen, **denen** der Betriebsrat widersprechen kann.

▶ A2; B1: Kapitel 9

Unregelmäßige Verben

Infinitiv	3. Person Sg. Präsens	3. Person Sg. Präteritum	3. Person Sg. Perfekt
ab|biegen	sie/er biegt ab	sie/er bog ab	sie/er **ist** abgebogen
ab|fahren	sie/er fährt ab	sie/er fuhr ab	sie/er **ist** abgefahren
ab|fliegen	sie/er fliegt ab	sie/er flog ab	sie/er **ist** abgeflogen
ab|geben	sie/er gibt ab	sie/er gab ab	sie/er hat abgegeben
ab|heben	sie/er hebt ab	sie/er hob ab	sie/er hat abgehoben
ab|lesen	sie/er liest ab	sie/er las ab	sie/er hat abgelesen
ab|nehmen	sie/er nimmt ab	sie/er nahm ab	sie/er hat abgenommen
ab|schließen	sie/er schließt ab	sie/er schloss ab	sie/er hat abgeschlossen
an|bieten	sie/er bietet an	sie/er bot an	sie/er hat angeboten
an|fangen	sie/er fängt an	sie/er fing an	sie/er hat angefangen
an|geben	sie/er gibt an	sie/er gab an	sie/er hat angegeben
an|halten	sie/er hält an	sie/er hielt an	sie/er hat angehalten
an|kommen	sie/er kommt an	sie/er kam an	sie/er **ist** angekommen
an|nehmen	sie/er nimmt an	sie/er nahm an	sie/er hat angenommen
an|rufen	sie/er ruft an	sie/er rief an	sie/er hat angerufen
an|sehen	sie/er sieht an	sie/er sah an	sie/er hat angesehen
an|sprechen	sie/er spricht an	sie/er sprach an	sie/er hat angesprochen
an|ziehen	sie/er zieht an	sie/er zog an	sie/er hat angezogen
auf|geben	sie/er gibt auf	sie/er gab auf	sie/er hat aufgegeben
auf|stehen	sie/er steht auf	sie/er stand auf	sie/er **ist** aufgestanden
auf|treten	sie/er tritt auf	sie/er trat auf	sie/er **ist** aufgetreten
auf|wachsen	sie/er wächst auf	sie/er wuchs auf	sie/er **ist** aufgewachsen
aus|geben	sie/er gibt aus	sie/er gab aus	sie/er hat ausgegeben
aus|schlafen	sie/er schläft aus	sie/er schlief aus	sie/er hat ausgeschlafen
aus|sehen	sie/er sieht aus	sie/er sah aus	sie/er hat ausgesehen
aus|steigen	sie/er steigt aus	sie/er stieg aus	sie/er **ist** ausgestiegen
aus|ziehen	sie/er zieht aus	sie/er zog aus	sie/er **ist** ausgezogen
backen	sie/er bäckt/backt	sie/er backte	sie/er hat gebacken
beginnen	sie/er beginnt	sie/er begann	sie/er hat begonnen
bekommen	sie/er bekommt	sie/er bekam	sie/er hat bekommen
beraten	sie/er berät	sie/er beriet	sie/er hat beraten
beschließen	sie/er beschließt	sie/er beschloss	sie/er hat beschlossen
besitzen	sie/er besitzt	sie/er besaß	sie/er hat besessen
besprechen	sie/er bespricht	sie/er besprach	sie/er hat besprochen
bestehen	sie/er besteht	sie/er bestand	sie/er hat bestanden
bitten	sie/er bittet	sie/er bat	sie/er hat gebeten
bieten	sie/er bietet	sie/er bot	sie/er hat geboten
bleiben	sie/er bleibt	sie/er blieb	sie/er **ist** geblieben
braten	sie/er brät	sie/er briet	sie/er hat gebraten

brechen	sie/er bricht	sie/er brach	sie/er hat gebrochen
bringen	sie/er bringt	sie/er brachte	sie/er hat gebracht
denken	sie/er denkt	sie/er dachte	sie/er hat gedacht
ein|geben	sie/er gibt ein	sie/er gab ein	sie/er hat eingegeben
ein|laden	sie/er lädt ein	sie/er lud ein	sie/er hat eingeladen
ein|nehmen	sie/er nimmt ein	sie/er nahm ein	sie/er hat eingenommen
empfehlen	sie/er empfiehlt	sie/er empfahl	sie/er hat empfohlen
entlassen	sie/er entlässt	sie/er entließ	sie/er hat entlassen
entscheiden	sie/er entscheidet	sie/er entschied	sie/er hat entschieden
entstehen	sie/er entsteht	sie/er entstand	sie/er **ist** entstanden
erfinden	sie/er erfindet	sie/er erfand	sie/er hat erfunden
erhalten	sie/er erhält	sie/er erhielt	sie/er hat erhalten
erkennen	sie/er erkennt	sie/er erkannte	sie/er hat erkannt
essen	sie/er isst	sie/er aß	sie/er hat gegessen
fallen	sie/er fällt	sie/er fiel	sie/er **ist** gefallen
fahren	sie/er fährt	sie/er fuhr	sie/er **ist** gefahren
fangen	sie/er fängt	sie/er fing	sie/er hat gefangen
fern|sehen	sie/er sieht fern	sie/er sah fern	sie/er hat ferngesehen
finden	sie/er findet	sie/er fand	sie/er hat gefunden
fliegen	sie/er fliegt	sie/er flog	sie/er **ist** geflogen
frieren	sie/er friert	sie/er fror	sie/er hat gefroren
geben	sie/er gibt	sie/er gab	sie/er hat gegeben
gefallen	es gefällt	es gefiel	es hat gefallen
gehen	sie/er geht	sie/er ging	sie/er **ist** gegangen
gelingen	es gelingt	es gelang	es **ist** gelungen
gelten	sie/er gilt	sie/er galt	sie/er hat gegolten
gewinnen	sie/er gewinnt	sie/er gewann	sie/er hat gewonnen
gießen	sie/er gießt	sie/er goss	sie/er hat gegossen
halten	sie/er hält	sie/er hielt	sie/er hat gehalten
hängen	sie/er hängt	sie/er hing	sie/er hat gehangen
heißen	sie/er heißt	sie/er hieß	sie/er hat geheißen
herunter|laden	sie/er lädt herunter	sie/er lud herunter	sie/er hat heruntergeladen
helfen	sie/er hilft	sie/er half	sie/er hat geholfen
hin|weisen	sie/er weist hin	sie/er wies hin	sie/er hat hingewiesen
hoch|kommen	sie/er kommt hoch	sie/er kam hoch	sie/er **ist** hochgekommen
kennen	sie/er kennt	sie/er kannte	sie/er hat gekannt
klingen	sie/er klingt	sie/er klang	sie/er hat geklungen
kommen	sie/er kommt	sie/er kam	sie/er **ist** gekommen
krank|schreiben	sie/er schreibt krank	sie/er schrieb krank	sie/er hat krankgeschrieben
lassen	sie/er lässt	sie/er ließ	sie/er hat gelassen
laufen	sie/er läuft	sie/er lief	sie/er **ist** gelaufen
leiden	sie/er leidet	sie/er litt	sie/er hat gelitten

leid|tun	es tut leid	es tat leid	es hat leidgetan
leihen	sie/er leiht	sie/er lieh	sie/er hat geliehen
lesen	sie/er liest	sie/er las	sie/er hat gelesen
liegen	sie/er liegt	sie/er lag	sie/er hat/**ist** gelegen
los|fahren	sie/er fährt los	sie/er fuhr los	sie/er **ist** losgefahren
lügen	sie/er lügt	sie/er log	sie/er hat gelogen
messen	sie/er misst	sie/er maß	sie/er hat gemessen
mit|bringen	sie/er bringt mit	sie/er brachte mit	sie/er hat mitgebracht
mit|geben	sie/er gibt mit	sie/er gab mit	sie/er hat mitgegeben
mit|kommen	sie/er kommt mit	sie/er kam mit	sie/er **ist** mitgekommen
mit|nehmen	sie/er nimmt mit	sie/er nahm mit	sie/er hat genommen
mögen	sie/er mag	sie/er mochte	sie/er hat gemocht
nach|denken	sie/er denkt nach	sie/er dachte nach	sie/er hat nachgedacht
nehmen	sie/er nimmt	sie/er nahm	sie/er hat mitgenommen
nennen	sie/er nennt	sie/er nannte	sie/er hat genannt
raten	sie/er rät	sie/er riet	sie/er hat geraten
riechen	sie/er riecht	sie/er roch	sie/er hat gerochen
rufen	sie/er ruft	sie/er rief	sie/er hat gerufen
scheinen	sie/er scheint	sie/er schien	sie/er hat geschienen
schlafen	sie/er schläft	sie/er schlief	sie/er hat geschlafen
salzen	sie/er salzt	sie/er salzte	sie/er hat gesalzen
schließen	sie/er schließt	sie/er schloss	sie/er hat geschlossen
schneiden	sie/er schneidet	sie/er schnitt	sie/er hat geschnitten
schreiben	sie/er schreibt	sie/er schrieb	sie/er hat geschrieben
schwimmen	sie/er schwimmt	sie/er schwamm	sie/er **ist** geschwommen
sehen	sie/er sieht	sie/er sah	sie/er hat gesehen
sein	sie/er ist	sie/er war	sie/er **ist** gewesen
singen	sie/er singt	sie/er sang	sie/er hat gesungen
sitzen	sie/er sitzt	sie/er saß	sie/er hat/**ist** gesessen
sitzen|bleiben	sie/er bleibt sitzen	sie/er blieb sitzen	sie/er **ist** sitzengeblieben
sprechen	sie/er spricht	sie/er sprach	sie/er hat gesprochen
springen	sie/er springt	sie/er sprang	sie/er **ist** gesprungen
statt|finden	sie/er findet statt	sie/er fand statt	sie/er hat stattgefunden
stehen	sie/er steht	sie/er stand	sie/er hat/**ist** gestanden
stehlen	sie/er stiehlt	sie/er stahl	sie/er hat gestohlen
steigen	sie/er steigt	sie/er stieg	sie/er **ist** gestiegen
sterben	sie/er stirbt	sie/er starb	sie/er **ist** gestorben
stoßen	sie/er stößt	sie/er stieß	sie/er hat gestoßen
streiten	sie/er streitet	sie/er stritt	sie/er hat gestritten
teil|nehmen	sie/er nimmt teil	sie/er nahm teil	sie/er hat teilgenommen
tragen	sie/er trägt	sie/er trug	sie/er hat getragen
treffen	sie/er trifft	sie/er traf	sie/er hat getroffen

treiben	sie/er treibt	sie/er trieb	sie/er hat getrieben
trinken	sie/er trinkt	sie/er trank	sie/er hat getrunken
tun	sie/er tut	sie/er tat	sie/er hat getan
übernehmen	sie/er übernimmt	sie/er übernahm	sie/er hat übernommen
überweisen	sie/er überweist	sie/er überwies	sie/er hat überwiesen
um|steigen	sie/er steigt um	sie/er stieg um	sie/er **ist** umgestiegen
um|ziehen	sie/er zieht um	sie/er zog um	sie/er **ist** umgezogen
unterbrechen	sie/er unterbricht	sie/er unterbrach	sie/er hat unterbrochen
sich unterhalten	sie/er unterhält sich	sie/er unterhielt sich	sie/er hat sich unterhalten
unterschreiben	sie/er unterschreibt	sie/er unterschrieb	sie/er hat unterschrieben
verbieten	sie/er verbietet	sie/er verbot	sie/er hat verboten
verbinden	sie/er verbindet	sie/er verband	sie/er hat verbunden
verbringen	sie/er verbringt	sie/er verbrachte	sie/er hat verbracht
vergessen	sie/er vergisst	sie/er vergaß	sie/er hat vergessen
vergleichen	sie/er vergleicht	sie/er verglich	sie/er hat verglichen
sich verhalten	sie/er verhält sich	sie/er verhielt sich	sie/er hat sich verhalten
verlassen	sie/er verlässt	sie/er verließ	sie/er hat verlassen
verleihen	sie/er verleiht	sie/er verlieh	sie/er hat verliehen
verlieren	sie/er verliert	sie/er verlor	sie/er hat verloren
vermeiden	sie/er vermeidet	sie/er vermied	sie/er hat vermieden
verschreiben	sie/er verschreibt	sie/er verschrieb	sie/er hat verschrieben
versprechen	sie/er verspricht	sie/er versprach	sie/er hat versprochen
verstehen	sie/er versteht	sie/er verstand	sie/er hat verstanden
vor|schlagen	sie/er schlägt vor	sie/er schlug vor	sie/er hat vorgeschlagen
wachsen	sie/er wächst	sie/er wuchs	sie/er **ist** gewachsen
waschen	sie/er wäscht	sie/er wusch	sie/er hat gewaschen
weh|tun	es tut weh	es tat weh	es hat wehgetan
widersprechen	sie/er widerspricht	sie/er widersprach	sie/er hat widersprochen
weiter|fahren	sie/er fährt weiter	sie/er fuhr weiter	sie/er **ist** weitergefahren
weiter|gehen	sie/er geht weiter	sie/er ging weiter	sie/er **ist** weitergegangen
werden	sie/er wird	sie/er wurde	sie/er **ist** geworden
werfen	sie/er wirft	sie/er warf	sie/er hat geworfen
wissen	sie/er weiß	sie/er wusste	sie/er hat gewusst
ziehen	sie/er zieht	sie/er zog	sie/er hat/**ist** gezogen
zu|nehmen	sie/er nimmt zu	sie/er nahm zu	sie/er hat zugenommen
zurück|geben	sie/er gibt zurück	sie/er gab zurück	sie/er hat zurückgegeben
zurück|gehen	sie/er geht zurück	sie/er ging zurück	sie/er **ist** zurückgegangen
zurück|fahren	sie/er fährt zurück	sie/er fuhr zurück	sie/er **ist** zurückgefahren
zurück|kommen	sie/er kommt zurück	sie/er kam zurück	sie/er **ist** zurückgekommen

Redemittel

sich und andere vorstellen und reagieren
▶ Kapitel 1

Mein Name ist ... Ich bin neu hier.
Ich heiße ... und ich bin zuständig für ...
Darf ich vorstellen? Das ist Frau/Herr ...
Kennen Sie Frau/Herrn ...?
Sie/Er kümmert sich um ...

Angenehm.
Freut mich, Sie kennenzulernen.
Ich freue mich auf eine gute Zusammenarbeit.
Alles Gute für Ihren ersten Tag.
Ich wünsche Ihnen einen guten Start.

unsicher sein / sicher sein
▶ Kapitel 1

Ich bin mir nicht sicher, ob ...
Ich weiß nicht genau, ob ...
Ich frage mich, ob ...
Ich bezweifle, dass ...
Ich bin nicht ganz überzeugt.

Da bin ich mir ganz sicher, weil ...
Ich habe keinen Zweifel, dass ...
Ich bin überzeugt, dass ...
Auf jeden Fall! / Ohne Frage!
Das kannst du mir glauben!

Fotos und Bilder beschreiben
▶ Kapitel 1, 6

Auf dem Foto sieht man ... / kann man ... sehen.
Das Foto zeigt ...
Links/Rechts/Oben/Unten sieht man ...
Vorne/Hinten rechts/links sieht man ...
Im Vordergrund / Im Hintergrund ist/steht/liegt ...
Im Vordergrund / Im Hintergrund erkennt man ... / ist ... erkennbar.
Vielleicht sprechen die Personen über ...
Der Mann / Die Frau sieht streng/fröhlich/... aus.
Ich denke, ... ist müde/erschöpft/gelangweilt/...

eine Aufgabe abgeben / eine Aufgabe annehmen
▶ Kapitel 2

Kannst du das übernehmen?
Ich habe eine Bitte: Könntest du ...
Könntest du mir einen Gefallen tun?
Macht es dir etwas aus, wenn du ...

Kein Problem. Ich kann mich um ... kümmern.
Ja, aber ich muss zuerst ... fertig machen.
Ich brauche ein bisschen länger, weil ...
Ich schaffe es nicht bis zum ..., aber ich kann ...

etwas positiv bewerten / etwas negativ bewerten
▶ Kapitel 2

Es macht mich glücklich, wenn ...
Ich finde es spannend, ...
Ich bin stolz auf ...
Das macht mir großen Spaß.
Es ist ein gutes Gefühl, ...

Es ärgert/stresst mich, wenn ...
Es ist anstrengend, ...
Das langweilt mich.
Ich hasse es, wenn ...
Ich finde es nervig, wenn ...

Vermutungen äußern
▶ Kapitel 2

Wahrscheinlich ... / Vielleicht ...
Ich vermute/denke/glaube, dass ...

über etwas berichten und darauf reagieren
▶ Kapitel 3

Schau mal, hier steht etwas Interessantes: ...
Ich habe etwas Lustiges/... gelesen/gehört.
Wusstest du schon, dass ...?
Hast du schon gehört, dass ...?

Ach, wirklich?
Davon habe ich noch nie gehört.
Das höre ich zum ersten Mal!
Das kann ich mir nicht vorstellen.
Das kann ich kaum glauben!
Das glaube ich sofort.
Das kann ich mir gut vorstellen.
Das kann gut sein.
Das ist nichts Neues. Das habe ich auch schon gehört/gelesen.

Redemittel

die Meinung äußern / zustimmen / widersprechen
▶ Kapitel 4

Ich finde, dass ...
Ich meine, dass ...
Meiner Meinung nach ...

Ich bin deiner Meinung.
Du hast recht.
Das sehe ich genauso.

Da bin ich anderer Meinung.
Das sehe ich anders.
Das stimmt nicht.

einen Ablauf beschreiben
▶ Kapitel 4

Zuerst / Zu Beginn ... / Um ... Uhr ...
Dann / Danach / Anschließend ...
Außerdem ...
Zum Schluss / Zuletzt ...

um das Wort bitten / jemanden zum Sprechen auffordern
▶ Kapitel 5

Moment, ich möchte etwas sagen.
Könnte ich auch noch etwas sagen?
Darf ich Sie kurz unterbrechen?
Darf ich bitte mal ausreden?

Ich glaube, ... *(Name)* möchte etwas sagen.
Was meinen Sie dazu?
Sagen Sie doch auch mal etwas!

Argumente nennen / auf Argumente reagieren
▶ Kapitel 5

Ein (wichtiges) Argument für/gegen ... ist ...
Dafür/Dagegen spricht, dass ...
Das wichtigste Argument ist, dass ...
Das Hauptargument ist, dass ...

Ich sehe das genauso wie ... *(Name)*
... *(Name)* hat recht.
Ich sehe das anders als ... *(Name)*

Widerspruch einlegen
▶ Kapitel 7

Sehr geehrte Damen und Herren,
ich widerspreche der Rechnung vom *(Datum)* und werde sie nicht bezahlen.
Die Rechnung ist meiner Meinung nach unberechtigt/falsch, denn ...
Ich bitte Sie, die Rechnung zu prüfen, und erwarte Ihre Antwort bis zum *(Datum)*.
Mit freundlichen Grüßen
(Name + Unterschrift)

einen Vortrag halten
▶ Kapitel 7

Liebe Zuhörerinnen und Zuhörer,
ich begrüße Sie zu meinem Vortrag.
Ich spreche heute über das Thema ...
Zuerst spreche ich über ...
Dann/Danach komme ich zu ...
Zum Schluss ...
Ich selbst ...
Meine Erfahrung ist, dass ....
Ich habe die Erfahrung gemacht, dass ...

Es gibt Argumente dafür: ...
Dafür spricht, dass ...
Es gibt aber auch Argumente dagegen: ...
Dagegen spricht, dass ...
Meiner Meinung nach ...
Ich persönlich finde ...
Damit beende ich meinen Vortrag.
Ich bedanke mich für Ihre Aufmerksamkeit.
Haben Sie noch Fragen?

um Erklärung bitten
▶ Kapitel 8

Was bedeutet das (für mich)?
Was heißt das genau?
Ich muss/soll/ ... Habe ich das richtig verstanden?
Noch einmal zum Verständnis: Ich ...

Verständnis zeigen und ermutigen
▶ Kapitel 8

Das kann ich gut verstehen.
Ich kann Sie gut verstehen.
Ich kenne das. Das ging mir auch schon so.

Ich kann Sie beruhigen.
Das ist nicht/halb so schlimm.
Keine Sorge. Das wird schon.
Sie brauchen keine Angst zu haben.

über eigene Erfahrungen berichten

▶ Kapitel 9

Ich habe etwas Ähnliches erlebt.
Ich habe die Erfahrung gemacht, dass ...
Das hat mein Leben verändert.
Ich war verzweifelt / sehr einsam.
Die Situation war hoffnungslos/aussichtslos/...
Das war eine schwere Zeit für mich, aber ...
Das hat mein Leben positiv verändert.
Das war die beste Entscheidung meines Lebens.

Vorschläge machen und Ratschläge geben

▶ Kapitel 10

Du solltest/könntest/müsstest ...
Wie wäre es, wenn ...
Ich würde vorschlagen, dass ...

Quellen

Cover: Cornelsen/Björn Schumann; **U2:** (Badge Apple -Store) Apple Inc., IP & Licensing; (Badge Google App): Google Ireland ltd.; **S. 2**/o.r.: Cornelsen/Björn Schumann; **S.2**/m.r. Cornelsen/Sylvia Wolf; **S. 2**/u.r.: Illustratorin: Bettina Nutz; Hintergrundfoto: Shutterstock.com/ampcool; Produktion: EDU-Werkstatt; **S. 3** m.r. Shutterstock.com/Oakozhan; **S. 3**/u.l. Shutterstock.com/Ranta Images; **S. 4**/1: Cornelsen/Björn Schumann; **S. 4**/2: Shutterstock.com/LightField Studios; **S. 4**/3: Shutterstock.com/Antonio Guillem; **S. 4**/4: Shutterstock.com/MANDY GODBEHEAR; **S. 4**/5: Shutterstock.com/Audrius Venclova; **S. 5**/6: Shutterstock.com/l i g h t p o e t; **S. 5**/7: Shutterstock.com/Drazen Zigic; **S. 5**/8: Shutterstock.com/SeventyFour; **S. 5**/9: Shutterstock.com/Kzenon; **S. 5**/10 l.: Shutterstock.com/Nikita Wayhome, r. Shutterstock.com/Monkey Business Images; **S. 6**/12: stock.adobe.com/Gina Sanders; **S. 6**/13: Shutterstock.com/antoniodiaz; **S. 6**/14: Shutterstock.com/Rawpixel.com; **S. 6**/15: Shutterstock.com/Monkey Business Images; **S. 7**/16: Shutterstock.com/Andrey_Popov; **S. 7**/17: Shutterstock.com/Stephan Dost; **S. 7**/18: Cornelsen/Björn Schumann; **S. 7**/19: stock.adobe.com/Krakenimages.com; **S. 7**/20: Shutterstock.com/Andy Dean Photography; **S. 8**: Shutterstock.com/BearFotos; **S. 9**/o.l. o.r.: Cornelsen/Björn Schumann; **S. 10**/m.: Shutterstock.com/Rido; **S. 10**/m.l.: Shutterstock.com/Jacob Lund; **S. 10**/m.r.: Shutterstock.com/PeopleImages.com - Yuri A; **S. 10**/o.l.: Shutterstock.com/ArtOfPhotos; **S. 12**/o.l.: Shutterstock.com/Rawpixel.com; **S. 12**/o.m.: Shutterstock.com/fizkes; **S. 12**/o.r.: Shutterstock.com/SpeedKingz; **S. 12**/1: Shutterstock.com/Stock-Asso; **S. 12**/2: Shutterstock.com/View Apart; **S. 12**/3: Shutterstock.com/New Africa; **S. 12**/Babysitterin: Shutterstock.com/Lopolo; **S. 12**/Werkzeug: Shutterstock.com/Africa Studio; **S. 12**/Ersatzteile: Shutterstock.com/Mehaniq; **S. 12**/Klamotten: Shutterstock.com/Kostikova Natalia; **S. 12**/Sperrmüll: Shutterstock.com/Animaflora PicsStock; **S. 13**/Haushalt: Shutterstock.com/Zivica Kerkez; **S. 13**/Tiere: Shutterstock.com/BIGANDT.COM; **S. 13**/Grill.: Shutterstock.com/New Africa; **S. 13**/Rasen mähen: Shutterstock.com/Peter Kniez; **S. 13**/Blumen: Shutterstock.com/Ground Picture; **S. 14**: Cornelsen/Björn Schumann; **S. 16**: Cornelsen/Björn Schumann; **S. 17**/A: Shutterstock.com/Halfpoint; **S. 17**/B: Shutterstock.com/New Africa; **S. 17**/C: Shutterstock.com/Oksana Kuzmina; **S. 17**/D: Shutterstock.com/George Rudy; **S. 17**/E: Shutterstock/Tyler Olson; **S. 18**: Cornelsen/Klein&Halm: Hintergrund: stock.adobe/GenerativeA1, Menschen: Shutterstock/Stocklite; **S. 20**/m.l.: Shutterstock.com/LightField Studios; **S. 20**/m.r.: Shutterstock.com/PeopleImages.com - Yuri A; **S. 20**/Anwältin.: Shutterstock.com/LightField Studios; **S. 20**/Bauer: Shutterstock.com/Serg Grbanoff; **S. 20**/Briefträger: Shutterstock.com/Kzenon; **S. 20**/Dachdecker: Shutterstock.com/Sabrewolf; **S. 21**/Metzger: Shutterstock.com/Juice Verve; **S. 21**/Sekretärin: Shutterstock.com/DC Studio; **S. 21**/Sozialarbeiterin: Shutterstock.com/Media_Photos; **S. 21**/Techniker: Shutterstock.com/David Spates; **S. 22**: Shutterstock.com/Wise ant; **S. 23**: Shutterstock.com/Robert Kneschke; **S. 24**/o.: Shutterstock.com/Dubova; **S. 24**/u.: Shutterstock.com/Dejan Dundjerski; **S. 26**/A: Shutterstock.com/DisobeyArt; **S. 26**/C: Shutterstock.com/Blue Planet Studio; **S. 26**/D: Shutterstock.com/Toa55; **S. 26**/Politik: Shutterstock.com/Pressmaster; **S. 26**/Kultur.: Shutterstock/aerogondo2; **S. 26**/Wirtschaft.: Shutterstock.com/REDPIXEL.PL; **S. 26**/Sport: Shutterstock.com/Jacob Lund; **S. 27**/Regionales: Shutterstock.com/Anna Nahabed; **S. 27**/Reisen: Shutterstock.com/stockphoto mania; **S. 27**/Kleinanzeigen: Shutterstock.com/XiXinXing; **S. 27**/Wissenschaft: Shutterstock.com/Gorodenkoff; **S. 28**/1: Shutterstock.com/Monkey Business Images; **S. 28**/3: Shutterstock.com/villatonete; **S. 29**: Shutterstock.com/Antonio Guillem; **S. 30**/o.: Shutterstock.com/Impact Photography; **S. 30**/u.: Cornelsen/Björn Schumann; **S. 33**: Shutterstock.com/gnizay; **S. 34**/o.l.: Shutterstock.com/MANDY GODBEHEAR; **S. 34**/o.r.: Shutterstock.com/insta_photos; **S. 34**/m.l.: Shutterstock.com/Odua Images; **S. 34**/m.r.: Cornelsen/Inhouse; **S. 34**/Milosz: Cornelsen/Inhouse; **S. 34**/Sofia: Shutterstock.com/Africa Studio; **S. 34**/Marianne: Shutterstock.com/VH-studio; **S. 34**/Großstadt: Shutterstock.com/engel.ac; **S. 34**/Kleinstadt: Shutterstock.com/Boris Stroujko; **S. 34**/zentrale Lage: Shutterstock.com/Momcilica; **S. 34**/Vorort: Shutterstock.com/Momcilica; **S. 34**/Dorf: Shutterstock.com/Gambarini Gianandrea; **S. 35**/Dinesh: Shutterstock.com/Ground Picture; **S. 35**/Haus: Shutterstock.com/hydebrink; **S. 35**/Wohnung: Shutterstock.com/Alekk Pires; **S. 35**/Bauernhof: Shutterstock.com/Andrei Khristov; **S. 35**/Monteurzimmer: Cornelsen/Inhouse; **S. 35**/WG: Shutterstock.com/Monkey Business Images; **S. 36**: Cornelsen/Björn Schumann; **S. 38**: Shutterstock.com/Robert Kneschke; **S. 39**: Shutterstock.com/SpeedKingz; **S. 40**/o.: Shutterstock.com/Krakenimages.com; **S. 41**/Illustrationen: Cornelsen/Bettina Nutz; **S. 41**/o.l.: Shutterstock.com/Prostock-studio; **S. 41**/o.m.: Shutterstock.com/PeopleImages.com - Yuri A; **S. 41**/o.r.: Shutterstock.com/David Espejo; **S. 41**/m.l.: Shutterstock/PeopleImages.com - Yuri A; **S. 41**/m.: Shutterstock.com/Monkey Business Images; **S. 41**/m.r.: Shutterstock.com/Daniel2528; **S. 41**/u.l.: Shutterstock.com/Andrey_Popov; **S. 41**/u.m.: Shutterstock.com/okawa somchai; **S. 41**/u.r.: Shutterstock.com/cunaplus; **S. 42**/o.l.: Shutterstock.com/MNStudio; **S. 42**/m.r.: Shutterstock.com/V2505; **S. 42**/m.l.: Shutterstock.com/WESTOCK PRODUCTIONS; **S. 43**/o.: Shutterstock.com/Ground Picture; **S. 43**/m.: Shutterstock.com/Sergii Sobolevskyi; **S. 43**/u.: Shutterstock.com/PeopleImages.com - Yuri A; **S. 44**/Papierkorb: Shutterstock.com/Ralf Geithe; **S. 44**/Frau mit Tablet: Shutterstock.com/Artie Medvedev; **S. 44**/Stau: Shutterstock.com/Krasula; **S. 44**/Radfahrer: Shutterstock.com/LovetheLifeyouLive; **S. 44**/Heizung: Shutterstock.com/Frank Lambert; **S. 44**/Frau mit Decke: Shutterstock.com/Dean Drobot; **S. 44**/Fleischbuffet: Shutterstock.com/Vincent Huijgens; **S. 44**/Gemüsebuffet: Shutterstock.com/Vladimir Nenezic; **S. 44**/Pappbecher: Shutterstock.com/JC_STOCKER; **S. 44**/Tasse: Shutterstock.com/Africa Studio; **S. 46**: Shutterstock.com/canadastock; **S. 47**/Mia: Shutterstock.com/Caftor; **S. 47**/Fadey: Shutterstock.com/AJR_photo; **S. 48**/A: Shutterstock.com/mkfilm; **S. 48**/B: Shutterstock.com/Luigi Bertello; **S. 48**/C: Shutterstock.com/AndriiKoval; **S. 48**/D: Shutterstock.com/Audrius Venclova; **S. 48**/E: Shutterstock.com/YEINISM; **S. 48**/F: Shutterstock.com/Ground Picture; **S. 48**/Klima: Shutterstock.com/Sidhe; **S. 48**/Klimawandel: Shutterstock.com/24Novembers; **S. 48**/Temperatur: Shutterstock.com/Evannovostro; **S. 48**/Hitze: Shutterstock.com/Black Salmon; **S. 48**/Kälte: Shutterstock.com/Natali Sam; **S. 48**/Klimaanlage: Shutterstock.com/Kwangmoozaa; **S. 49**/Dürre: Shutterstock.com/Sawat Banyenngam; **S. 49**/Überschwemmung: Shutterstock.com/mkfilm; **S. 49**/Gewitter: Shutterstock.com/John D Sirlin; **S. 49**/Sturm: Shutterstock.com/Lukas Jonaitis; **S. 49**/Gewächshaus: Shutterstock.com/ESOlex; **S. 49**/Gemüse anbauen: Shutterstock.com/Tong_stocker; **S. 51**: Shutterstock.com/Wise ant; **S. 52**/o.: Cornelsen/Björn Schumann; **S. 52**/Arbeitsunfall: Shutterstock.com/Atitaph_StockPHoTo; **S. 52**/Verbandkasten: Shutterstock.com/Claudia Harms-Warlies; **S. 52**/Pflaster: Shutterstock.com/PeopleImages.com - Yuri A; **S. 52**/Schere: Shutterstock.com/Noiel; **S. 52**/Verbandpäckchen: Cornelsen/Björn Schumann; **S. 53**/Wundspray: Shutterstock.com/NONGASIMO; **S. 53**/Desinfektionsmittel: Shutterstock.com/Fotinia; **S. 53**/Einmal-Handschuhe: Shutterstock.com/Iker Martiarena; **S. 53**/Maske: Shutterstock.com/Andrey_Popov; **S. 53**/Kompresse: Shutterstock.com/Vach cameraman; **S. 54**/o.: Shutterstock.com/Hieronymus Ukkel; **S. 54**/Warndreieck: Shutterstock.com/mohammad farj hammad; **S. 54**/Warnweste: Shutterstock.com/l i g h t p o e t; **S. 54**/Warnblinklicht: Shutterstock.com/kryzhov; **S. 54**/Seitenstreifen: Shutterstock.com/CoolR; **S. 54**/Pannendienst: Shutterstock.com/hedgehog94; **S. 54**/Panne: Shutterstock.com/APIWAN BORRIKONRATCHATA; **S. 55**/Platten: Shutterstock/Miss.Suchada Teeramat; **S. 55**/Notrufsäule: Shutterstock.com/Peter Togel; **S. 55**/Kofferraum: Shutterstock.com/Anatoliy Karlyuk; **S. 55**/Gangschaltung: Shutterstock.com/Alfonso Vennari; **S. 55**/Leitplanke: Shutterstock.com/Jedsada Naeprai; **S. 55**/Beifahrerin: Shutterstock.com/F8 studio; **S. 56**: Shutterstock.com/Altrendo Images; **S. 60**/Apfel: Shutterstock.com/restyler; **S. 60**/Currywurst.: Shutterstock.com/stockcreations; **S. 60**/Chili: Shutterstock.com/Fischer Food Design; **S. 61**: stock.adobe.com/auremar; **S. 62**/1: Shutterstock.com/Drazen Zigic; **S. 62**/2: Shutterstock.com/AnnaStills; **S. 62**/3: Shutterstock.com/Caftor; **S. 62**/4: Shutterstock.com/Gorodenkoff; **S. 62**/5: Shutterstock.com/Monkey Business Images; **S. 62**/6: Shutterstock.com/Africa Studio; **S. 64**/o.r.: Cornelsen/Björn Schumann; **S. 64**/Verträge: Shutterstock.com/Voin_Sveta; **S. 64**/Geld: Shutterstock.com/SurfsUp; **S. 64**/Digitales: Shutterstock.com/Rainbow Black; **S. 64**/Lebensmittel: Shutterstock.com/icondesigner; **S. 64**/Energie: Shutterstock.com/biolalabet; **S. 64**/Umwelt: Shutterstock.com/gentle studio; **S. 64**/Gesundheit: Shutterstock.com/Skiffcha; **S. 66**/Tierhaltung: Shutterstock.com/Lucian Coman; **S. 66**/Kuh: Shutterstock.com/Parilov; **S. 66**/Schwein: Shutterstock.com/Julia Lototskaya; **S. 66**/Huhn: Shutterstock.com/MadisonRae; **S. 66**/Wiese: Shutterstock.com/Ilya_Kuznetsov; **S. 67**/Metzgerei: Shutterstock.com/BearFotos; **S. 67**/Hackfleisch: Cornelsen/Klein&Halm: Hintergrund: Shutterstock.com/dropStock, Hack: Shutterstock.com/onemorebox, Kuh-Icon: Shutterstock.com/Valijanov; **S. 67**/Fleischersatz: Shutterstock.com/dropStock; **S. 67**/Soja-Produkte: stock.adobe.com/naito29; **S. 67**/Tofu: Shutterstock.com/Oksana Mizina; **S. 69**/1: Shutterstock.com/Pixel-Shot; **S. 69**/2: Shutterstock.com/Stock-Asso; **S. 69**/3: Shutterstock.com/Dreamer Company; **S. 69**/4: Shutterstock.com/ORION PRODUCTION; **S. 70**/1: Shutterstock.com/Nejron Photo; **S. 70**/2: Shutterstock.com/didesign021; **S. 70**/3: Shutterstock.com/Kateryna Onyshchuk; **S. 70**/4: Shutterstock.com/SB Arts Media; **S. 70**/behandeln: Shutterstock.com/Mladen Mitrinovic; **S. 70**/impfen: Shutterstock.com/Tong_stocker; **S. 70**/Blutdruck: Shutterstock.com/Andrey_Popov; **S. 70**/Blut abnehmen: Shutterstock.com/Svitlana Hulko; **S. 70**/untersuchen: Shutterstock.com/SeventyFour; **S. 70**/schwindelig: Shutterstock.com/Tunatura; **S. 71**/schwach: Shutterstock.com/fizkes; **S. 71**/schlecht: Shutterstock.com/New Africa; **S. 71**/Lunge: Shutterstock.com/Art_Photo; **S. 71**/Herz: Shutterstock.com/Ahmet Misirligul; **S. 71**/Magen: Shutterstock.com/Emily frost; **S. 71**/Brust: Shutterstock.com/SKT Studio; **S. 72**/1: Shutterstock.com/DimaBerlin; **S. 72**/2: Shutterstock.com/My Ocean Production; **S. 72**/3: Shutterstock.com/9nong; **S. 72**/4: Shutterstock.com/JuliannaBat; **S. 72**/5: Shutterstock.com/Petrovich Nataliya; **S. 72**/6: Shutterstock.com/Budimir Jevtic; **S. 72**/7: Shutterstock.com/sebra; **S. 72**/8: Shutterstock.com/ShotPrime Studio; **S. 72**/Vitamin: Shutterstock.com/Wutthichai; **S. 72**/Tablette: Shutterstock.com/Qznetsov; **S. 72**/Pulver: Shutterstock.com/New Africa; **S. 72**/Brausetablette: Shutterstock.com/Avocado_studio; **S. 72**/Spritze: Shutterstock.com/yarrbush; **S. 72**/Impfung: Shutterstock.com/Dmytro Flisak; **S. 73**/Zäpfchen: Shutterstock.com/AlenKadr; **S. 73**/Bonbon: Shutterstock.com/Anton Starikov; **S. 73**/Salbe: Shutterstock.com/anmbph; **S. 73**/Tropfen: Shutterstock.com/Jitzlim; **S. 73**/Hustensaft: Shutterstock.com/ajt; **S. 73**/Spray: Shutterstock.com/Vladimir Sukhachev; **S. 74**/o.l.: Cornelsen/Björn Schumann; **S. 74**/o.r.: Shutterstock.com/Alila Medical Media; **S. 75**: Cornelsen/Björn Schumann; **S. 77**: Cornelsen/Bettina Nutz; **S. 78**/o.l.: Shutterstock.com/RymanStudio; **S. 78**/u.r.: Shutterstock.com/Momentum studio; **S. 79**/o.l.: Shutterstock.com/wavebreakmedia; **S. 79**/m.r.: Shutterstock.com/didesign021; **S. 80**/Feuerwehr: Shutterstock.com/Kzenon; **S. 80**/Pfadfinder: Shutterstock.com/SeventyFour; **S. 80**/Zahnmobil: Cornelsen/Klein&Halm: Mobil: imago/Strussfoto, Zahnarzt: Shutterstock/Krakenimages.com; **S. 80**/Tierheim: Shutterstock.com/hedgehog94; **S. 80**/Tafel: Shutterstock.com/SeventyFour; **S. 80**/Sportverein: Shutterstock.com/matimix; **S. 80**/Frau: Shutterstock.com/Kzenon; **S. 80**/Mann: Shutterstock.com/Ground Picture; **S. 80**/Brände löschen: Shutterstock.com/SanchaiRat; **S. 80**/Menschen retten: Shutterstock.com/Monkey Business Images; **S. 80**/Kindergruppen leiten: Shutterstock.com/Ground Picture; **S. 80**/Natur entdecken: Shutterstock.com/Amorn Suriyan; **S. 80**/Menschen behandeln: Shutterstock.com/RomanR; **S. 80**/medizinisch versorgen: Shutterstock.com/Pressmaster; **S. 81**/Frau: Shutterstock.com/Lopolo; **S. 81**/Lebensmittel verteilen: Shutterstock.com/SeventyFour; **S. 81**/Waren sortieren.: Shutterstock.com/Dragana Gordic; **S. 81**/Tiere füttern: Shutterstock.com/ALPA PROD; **S. 81**/Gehege säubern: Shutterstock.com/Kzenon; **S. 81**/Kinder trainieren: Shutterstock.com/Fotokostic; **S. 81**/Trikots waschen: Shutterstock.com/KarepaStock; **S. 82**/A: Shutterstock.com/Tyler Olson; **S. 82**/B: Shutterstock.com/Stock-Studio; **S. 83**/o.: Shutterstock.com/Inna Astakhova; **S. 83**/m.: Shutterstock.com/chainarong06; **S. 84**/Frank: Shutterstock.com/SeventyFour; **S. 84**/Isabel: Shutterstock.com/Krakenimages.com; **S. 84**/Ana: Cornelsen/Björn Schumann; **S. 84**/Benjamin: Shutterstock.com/pixelheadphoto digitalskillet; **S. 88**/1 l.: Shutterstock.com/Andrea Izzotti, 1 r.: Shutterstock.com/Varavin88; **S. 88**/2 u.: Shutterstock.com/Roman Samborskyi, 2 o.: Shutterstock.com/ArtOfPhotos; **S. 88**/3 l.: Shutterstock.com/Kite_rin, 3 r.: Shutterstock.com/Medvid.com; **S. 88**/4 l.: Shutterstock.com/V.S.Anandhakrishna, 4 r.: Shutterstock.com/ESB Professional; **S. 88**/5 l.: Shutterstock.com/Nikita Wayhome, 5 r.: Shutterstock.com/Monkey Business Images; **S. 88**/6 u.: Shutterstock.com/Roman Samborskyi, 6 o.: Shutterstock.com/New Africa; **S. 90**/o.l.: Cornelsen/Björn Schumann; **S. 90**/o.m.: Cornelsen/Björn Schumann; **S. 90**/o.r.: Cornelsen/Björn Schumann; **S. 90**/m.r.: Cornelsen/Björn Schumann; **S. 90**/ausgebildet sein: Shutterstock.com/adriaticfoto; **S. 90**/halbtags arbeiten: Shutterstock.com/robert_s; **S. 90**/sich weiterbilden: Shutterstock.com/Air Images; **S. 90**/Lohn: Shutterstock.com/Bernd Leitner Photography; **S. 91**/Team leiten: Shutterstock.com/JLco Julia Amaral; **S. 91**/Abteilung wechseln: Shutterstock.com/LightField Studios; **S. 91**/körperlich arbeiten: Shutterstock.com/BigPixel Photo; **S. 91**/Verantwortung: Shutterstock.com/NFstock; **S. 92**: Cornelsen/Sylvia Wolf; **S. 93**/A: Shutterstock.com/katsumatakun; **S. 93**/B: Cornelsen/Sylvia Wolf; **S. 93**/C: Cornelsen/Sylvia Wolf; **S. 93**/D: Cornelsen/Sylvia Wolf; **S. 94**/Spielfiguren: Shutterstock.com/Jussi Suvela; **S. 94**/Würfel: stock.adobe.com/taddle; **S. 94**/Karte: stock.adobe.com/DeVIce; **S. 94**/Stift: Shutterstock.com/Vastram; **S. 95**: Shutterstock.com/Vadym Pastukh; **S. 96**/o.l.: Shutterstock.com/Ranta Images; **S. 96**/m.r.: Shutterstock.com/DC Studio; **S. 97**/o.l.: Shutterstock.com/Minerva Studio; **S. 97**/o.r.: Shutterstock.com/Jacob Lund; **S. 97**/m.r.: Shutterstock.com/Roman Samborskyi; **S. 97**/u.l.: Shutterstock.com/CarlosBarquero; **S. 97**/u.r.: Shutterstock.com/Mauricio Graiki; **S. 108**: Cornelsen, Ball: Shutterstock.com/BigMouse, Kugel: Shutterstock.com/Macrovector; **S. 111**: stock.adobe.com/Igor Savenchuk; **S. 123**: PEFC Deutschland e.V.

Treffpunkt

Deutsch als Zweitsprache für Alltag und Beruf

Kursbuch B1.1

Im Auftrag des Verlages erarbeitet von: Julia Herzberger, Friederike Jin, Martina Schäfer und Matthias Scheliga
Video-Clips: Matthias Scheliga
Grammatik-Animationen: Ute Voß

In Zusammenarbeit mit der Redaktion: Jacolien de Vries, Anne Planz
Redaktionelle Mitarbeit: Kristina Hageneder, Lisa Krack
Besonderer Dank gilt Maren Schoenfelder (Paderborn) und Lothar Bunn (Münster) für den Input im Bereich der inter- und plurikulturellen Kommunikation.
Beratende Mitwirkung: Laura Dürschmied (Würzburg), Georg Krüger (Berlin), Claudia Lühmann (Buxtehude), Alev Yazıcı (Ankara, Türkei)

Umschlaggestaltung und Layoutkonzept: Rosendahl Berlin, Agentur für Markendesign
Umschlagfoto: Björn Schumann, Berlin
Technische Umsetzung: Klein & Halm Grafikdesign, Berlin
Illustrationen: Sylvia Wolf

www.cornelsen.de

1. Auflage, 2. Druck 2024

Alle Drucke dieser Auflage sind inhaltlich unverändert und können im Unterricht nebeneinander verwendet werden.

Druck: Livonia Print, Riga

ISBN: 978-3-06-121288-9
ISBN: 978-3-06-122577-3 (E-Book)

PEFC
PEFC/12-31-006

PEFC zertifiziert
Dieses Produkt stammt aus nachhaltig bewirtschafteten Wäldern und kontrollierten Quellen.
www.pefc.de